苏童作品系列

苏童

SUNFLOWER
SU TONG

向日葵

上海文艺出版社

目录

蝴蝶与棋 - 1

小偷 - 15

拱猪 - 31

红桃 Q - 45

新天仙配 - 57

狂奔 - 71

稻草人 - 83

棚车 - 95

小猫 - 107

玉米爆炸记 - 121

十八相送 - 133

声音研究 - 147

表姐来到马桥镇 - 159

告诉他们，我乘白鹤去了 - 173

世界上最荒凉的动物园 - 185

两个厨子 - 197

烧伤 - 211

一个朋友在路上 - 223

与腌鱼有关 - 235

向日葵 - 251

蝴蝶与棋

他们告诉棋手，水边棋舍只是一间草棚，就在对面的湖岸上。你可以走路去，你要是怕走路就搭捕鱼人的小船去。寺前村的老人们端详着风尘仆仆的棋手，他们说，那地方没人去，只有放羊的孩子在那里躲雨躲太阳。你为什么要到那里去呢？

棋手拍了拍他的黄色帆布背包，背包里响起了一阵类似石子相撞的清冽的声音。棋手微笑着把背包放到老人们耳边，他说，听，棋的声音，我去那里下棋。棋手初到寺前村就以他的言行引起了本地人对他的注意，他的眼睛当时仍然纯净而明亮，正像他背包里的棋子一样黑白分明。

那年春天我也来到了寺前村。我是听从了一个昆虫学家的建议来这里寻找紫线凤蝶的。当然，假如你了解蝴蝶栖生的习性并且到过寺前村，或许你也会向我提出同样的建议。

再也没有像寺前村这样适宜捕捉蝴蝶的地方了，这么开阔的湖边草滩，这么繁茂的花树灌木，湿润的空气里似乎也浮满了花粉，有时候你甚至怀疑闻到了蝴蝶分泌物的气味。在寺前村周围你随处可见蝴蝶集队起舞的景象,你把纱兜往空中一扑,扑到的不是一只,而是两只,三只,甚至有时是一堆五彩纷呈的蝴蝶。

我记得那天始终没有找到那种紫线凤蝶,但我捕捉到了红翅尖粉蝶、粗脉棕斑蝶,我的标本夹里还躺了一只金裳凤蝶,应该说我已经感到满意了。我忘了湖边的暮霭已经越来越浓重,太阳也早就跌入了远处的山谷,我曾想起路边的那家小旅店,那该是我度过这个乡村之夜的唯一去处了。

湖沉在暮色底部,水面上隐约浮升起淡淡的雾雨,浅滩上的芦苇无风而动,偶尔能听见鹧鸪和野鸭的叫声。我环湖疾走的时候突然发现寺前村一带充满着罕见的安宁气氛,就是这种安宁使我莫名地慌乱起来,我一路小跑地穿过了一片低矮而茂密的桃树林,也就在那时我看见一只被惊飞的硕大的蝴蝶,它掠过我的额角遁入黄昏树影之中,我依稀看见一丝紫色的荧光。我没有看清那只蝴蝶真实的色彩和线纹,但不知怎么我敢确定那就是我苦心搜寻的紫线凤蝶。

小旅店里空无一人。门厅里的一盏油灯照亮了墙壁和地面的局部,都是灰暗的斑斑驳驳的,柜台实际上是一只学校里搬来的课桌,我的手放在上面摸到了一层油腻和灰尘的混合物,又把手伸到桌洞里,结果掏出了一个笔记本。我猜那算是来客登记簿,在油灯下我看见几个陌生的人名躺在泛潮的纸页上,最近的登记日期距此也已半月之遥。

我始终没有找到小旅店的主人。墙上曾经写过几排字，来客须知，但除了这几个字还能辨认，别的字迹已经完全被胡涂乱抹的墨汁覆盖了。我又朝着走廊深处喊了几声，回应我的竟然是一只野猫的叫声，那只猫奔过我身边，在旅店洞开的窗户上它回过头朝我喷出一些粗重的鼻音，然后便跳到窗外去了。那只猫使我感到心神不宁，我想在登记簿上写下我的名字，那只猫让我改变了主意。

走廊两侧的房间都锁着门，但最顶端的两间门是虚掩着的，我先推开了第一扇门，里面黑漆漆一片，我把油灯举高了，终于看清满屋堆放的那些农具和化肥袋，特别引人注目的是一件红色的塑料雨披，它使我相信这里是有人出没的真实的乡村旅店。我返身走进了另外一个房间，这次我一推门就闻到了香皂和烟草的味道，紧接着我又看见了床和脸盆架，还有搪瓷脸盆里的半盆污水，这一切让我感到安全，我终于放下了手里的标本夹和所有工具。

那颗白色的围棋子是我在临睡前发现的，它就放在枕边，一颗被机器磨成饼形的小石子，在我眼前放出微弱而温和的白光。其实我当时还不知道那是一粒棋子，我只是喜欢上了这颗圆形的小石子，我以为它是别人遗落在这家乡村旅店的东西。

不知道棋手是什么时候回来的。我看见一个瘦长的男人站在门边朝我这里张望，很明显他对我的出现没有思想准备，他背包里有什么东西嚓嚓地响着。我不知道该说什么，他似乎也不知道该说什么，但我发现他在朝我这里挪步，我立即警觉地坐了起来。

你睡错了床。那是我睡的床。他说。

我不知道这是你的床。我松了口气说,那我换一张床吧。

不用了,你就睡那张床吧。他摆了摆手,把身上的背包解下来扔在对面的床上,然后他向我提出了一个我预计中的问题,你到这里来干什么?

捕蝴蝶。我说,我是昆虫爱好者协会的会员,蝴蝶属于昆虫类,你知道吗?

蝴蝶?他好像有点愕然,他说,这里有蝴蝶吗?蝴蝶,我怎么没看见有蝴蝶?

这里到处是蝴蝶,可能你不注意吧?我说。

可能我没有注意,我不喜欢蝴蝶。他在脸盆架那儿停留了一会儿,好像在洗手,我看见一个抖动着的瘦长的背影,突然那个背影又转向我,他说,你会下棋吗?围棋,你会下围棋吗?

不会,象棋我会一点。我说,你带着象棋吗?

我不下象棋,假如是象棋我也不用跑到这里来了。他叹了口气说,水边棋舍就在湖那边,有人告诉我围棋二老就在那里下棋,我每天都去水边棋舍,但我一次也没见到他们。

什么围棋二老?我问。

是两位老人,不,是两位棋仙。他的声音在暗夜里透出一种激越之情,你不懂的,他说,我学棋八年,一直想到水边棋舍与他们对弈一次,我在找他们,可是奇怪的是我隔着湖明明看见他们在水边棋舍里坐着，我明明看见他们在下棋，但等我走到湖那边他们的人影就找不到了。

他们下完棋走了吧？我想当然地说。

不，假如那么快就下完一盘棋，他们就不是什么棋仙了。他说，我猜他们故意躲着我，明天我要早一点去，我要把他们堵在那里。

后来我就迷迷糊糊地睡着了。依稀听见窗外下起了雨，雨点打在小旅店的瓦檐和周围的树草上，听来就像催眠的音乐。因为夜雨潇潇，也因为有了一个旅伴，我睡得很好，甚至梦见了那只美丽的紫线凤蝶。我的梦是被夜半来客的脚步和撞门声惊醒的，那个人在进入我隔壁的房间之前不止撞倒了一件东西，我一下子从床上跳了起来。

谁来了？我问对面的棋手。

棋手还没睡，他自己在与自己下棋，黑黑白白的棋子摆了一床。他看了我一眼，走到门边检查了一下门锁，然后他淡淡地说，你睡你的，大概来了一个旅客。

深更半夜怎么还会有人来这里？

我不知道，我在打棋谱。棋手说着又坐到床上去摆他的棋子了，他的表情告诉我他现在需要安静。

但是隔壁房间里的人却并不安静，我先是听见什么重物被乒乒乓乓摔打的声音，然后好像是玻璃被打碎了，我身边的那堵墙也被咚咚地击打着。什么声音？我对棋手说。但棋手埋头于他的棋局，对一切充耳未闻。我无法再睡了，起初我想出去看个仔细，但恐惧使我一直徘徊在门内，我听见隔壁的来客渐渐安静了，后来就响起了一个女人哭泣的声音，是一个女人，这一点完全出乎我的预料。

橱柜后面的那扇门是意外的发现，我先是看见那里有几道微弱的光，很快我就意识到那扇门原先是这两个房间的通道。我请棋手帮我搬动橱柜，他很勉强地下了床，但他毫不掩饰地刺了我一句，隔壁来了什么人，与你有什么关系呢？我说，难道你不觉得有点奇怪吗？他说，奇怪什么？我在寺前村住了半个多月了。告诉你寺前村永远平安无事，否则围棋二老不会选这个地方下棋。

我通过门上的裂缝看见了隔壁房间的景象，一个女人坐在散乱的农具堆里掩面哭泣，我看见她穿着那件红色的塑料雨披，我看不清她的脸，但从她的两条长辫上可以判断她还年轻，还有她发梢和红色雨披上的水珠，它们一齐在幽暗中晶莹地颤动。还有她手里攥着的一个小东西，我花了很长时间才看清那是一粒白色的围棋子。你认识她？我向棋手招手，你看，她的手里也抓着你的围棋子！

我谁也不认识。棋手钻进被窝说，我只想认识围棋二老。

寺前村的早晨真的是在鸟语花香中来临的。我醒来后发现棋手的床已经空了，我后悔自己贪睡而导致了孤身一人的局面，幸亏窗外的阳光和雨后的乡村景色冲淡了昨夜的恐慌记忆。我背起所有行囊匆匆逃出小旅馆，在经过那个堆农具的房间时我推门朝里面偷看了一眼,一切与昨夜的记忆相仿,只是那件红色的雨披不见了。

我是在去往长途汽车站的路上被那群人追赶上的,当时我发现了路边灌木丛上盘旋着几只蝴蝶,其中一只是金裳凤蝶,我总是容易把它当作紫线凤蝶,因此我为了那只蝴蝶耽搁了很长时间,当我意识到自己犯了一个错误已经来不及了,那群人,我猜主要是寺前村的一些干部和社员,他们像一群麋鹿一样迅疾地穿过树林出现在我面前。

你昨天夜里住在小旅馆里吗?有一个男人看上去是干部,他始终伸开双臂示意别人安静,他说,为什么不说话?昨天夜里你住哪儿了?

小旅馆。我竭力镇定着情绪说,我是来捕蝴蝶的,我是昆虫爱好者协会的会员。

为什么不在来客登记簿上登记?男人问。

没有人负责登记,我只住一夜。我说,我来找紫线凤蝶,你们这里禁止捕蝴蝶吗?

只住一夜。男人沉吟着说,问题就在这里,为什么只住一夜?

我来不及赶长途汽车回家了。我突然压抑不住地愤怒起来,我朝那群人喊道,那么吓人的旅店,那么脏的地方,谁愿意住?

男人盯着我审视了一会儿,终于朝我摊开他的手,我看见那只粗糙宽大的手掌上躺着一颗白色的围棋子。

你认识这颗小石子吧？他说，是你的吧？

不是我的，是另外那个房客的。我觉得我正在把某种祸端往棋手身上推，我想我不得不这样做，我说，我不下围棋，他下围棋。

那个男人的目光这时候投向果树林搜寻着什么，我听见他在喊，小彩，别害怕，你出来认一下这个人，是不是这个人？

这样我注意到了果树林深处的那个女人，女人穿着那件红色的塑料雨披，两个妇女搀扶着她，也恰恰遮住了她的脸。我听见了她啜泣的声音，啜泣过后便是悲怆的撕心裂肺的尖叫，抓住他，抓住他，你们快抓住他！

刹那间恐惧压倒了我，我一边申辩着一边寻找着逃跑的方法，我瞥见了路边的一辆自行车，在那群人朝我挤来之前我飞奔几步，跨上了那辆自行车。

我不记得他们追赶我的具体过程了，当我骑车疾驰通过一座木桥后，我回头望了一眼，那群人在河边止步了。他们没有继续追赶我，这让我感到幸运。我怀着历险过后特有的惊悸的心情到了康镇，我记得我挤上长途汽车时全身衣服都被冷汗浸透了。

当然，我也把那些珍贵美丽的蝴蝶标本连同工具扔在了寺前村。

棋手是在去水边棋舍的路上被那群人堵住的，那群人簇拥着一个穿红色塑料雨披的女人，女人一边啜泣一边低声诉说着，而她的目光始终固定在他的脸上，像火也像冰。棋手觉得女人的目光很古怪，那群人的出现也有点气势汹汹，但他没有在意，他朝他们微笑着，一边拍打着背包里的围棋子，他说，这么多人，你们在干什么？

我们干什么？那个男人冷笑了一声说，正要问你呢，你来这里干什么？

我来下棋，你们知道围棋二老在哪里吗？

就在这里。男人再次亮出了手里的那颗白色围棋子，他的脸上已经浮现出某种胜利者的表情，这颗小石子，不，这颗围棋是你的吧。

是我的，你在哪里捡到的？

这要问你了，男人松了一口气，然后他转向那个穿红色塑料雨披的女人说，小彩，别害怕，昨天夜里是不是这个人？小彩你说，是不是这个人？

那个叫小彩的女人先是捂着脸哭了几声，猛地她抬起头怒视着棋手，她说，抓住他，抓住他，就是这个人！

棋手后来是被他们拉拽着走进水边棋舍的，起初他不理解寺前村人对他的谴责和漫骂，他的平静而茫然的态度恰恰更加激起寺前村人的愤怒，有一个青年大叫一声，你还装蒜？跳起来打了棋手一拳。棋手摸到了鼻孔里的血，终于明白过来，他开始苦笑着重复一句话，无理，无理，棋手说，无理，这一招太无理了。

你别装蒜。干部模样的男人夺下棋手的背包，把手伸进去划拉了几下,他说,寺前村人从来不去害别人,你也别来害我们,什么事情都要讲理,你自己也说了。现在该留一句话了,这事你是要公了还是私了?

怎么公了?怎么私了?我不懂。棋手说。

又装蒜。公了就绑你去公安局。男人说,私了简单,你娶了小彩,留在这里或者带她走。

我为什么要娶她?我不认识她!

还在装蒜,你不娶她谁还肯娶她?

又是无理。棋手高声说,我要下棋,我根本不想娶她。

那个男人的目光落在棋手的背包上,他大吼了一声,让你下棋,我让你下棋,他那么吼叫着开始把背包里的棋子倾倒在地上,你们每人来抓一把,男人对身边那些人说,每人来抓一把,全部给他扔到湖里去,我让他再下棋!

棋手看见许多双手朝他的黑白棋子伸过去,棋手不顾一切地扑倒在地上,用身体保护住他的黑白棋子,他拼命地推那些手,一边推一边喊,我私了,我娶她啦,娶她啦!

从寺前村归来我没带回一只蝴蝶,这个结局你已经是知道了的。但你想不到我带回了一粒白色的围棋子,它不知怎么藏在了我的衣袋里,出于某种玩味旧事的心情,我一直把那粒棋子放在枕边。

我没有预料到那粒棋子会使我每天都想象围棋并迷恋上了围棋,我更没有想到围棋会取代蝴蝶在我生活中的位置,让我从一个昆虫爱好者摇身一变，跻身于本市围棋迷的行列。我一直记得当年的寺前村之行，当然也记得那个到处寻访高人的棋手，在弈棋多年后我终于理解了那个棋手狂热而凄凉的行踪。有几次我向那些资深棋友描述了他的外貌以及他的故事，棋友问，他叫什么名字？我说我不知道，棋友说那就好了，那就是一个无名棋手，这样那样的无名棋手是很多的。

五年后我重访寺前村已与蝴蝶无关，也与围棋无关，我是跟随一个朋友去收购那里的桃子和枇杷的，那个朋友是个聪明人，他听我说过寺前村的故事，我猜他邀我同行也是为了预防某种不测。

正值初夏季节，寺前村在任何季节似乎都是桃红柳绿花草繁茂的，别处罕见的蝴蝶也依然在湖边开阔地里嘤嘤乱飞，当然我说过我对所有蝴蝶都不感兴趣了。我跟随我的朋友在寺前村的果林里穿行，与寺前村人讨价还价，好多张脸都似曾相识，但奇怪的是他们没有一个人能认出我来了。

我没有想到我会在湖边遇见棋手，我先是看见一个干瘦的男人在那挥舞着捕蝴蝶的网兜，那种熟悉的动作使我感到亲切，我站住了，看着他从网兜里夹出一只黑蛱蝶放进标本夹，我看清了他的脸，我差点叫出声来。

棋手，你还认识我吗？

棋手缓缓地偏过脸看了我一眼，他的神情显得疲惫而憔悴，目光与当年相比也浑浊了一些，他只看了我一眼，没有回答我。

棋手,你还在下棋吗?你怎么捕起蝴蝶来了?

我不下棋了,我捕蝴蝶。棋手这么说着突然朝远处飞奔而去。我看见远处的桃林里飞起一群色彩斑斓的蝴蝶,我猜那一群蝴蝶里可能会有几只珍稀品种,我猜棋手也是这么判断的。棋手抓着网兜飞奔时我下意识地跟他跑了几步,但我的朋友在后面喊住了我,他说,喂,你去干什么?你不是不要蝴蝶了吗,来,帮我装桃子吧。

一筐一筐的寺前村桃子被抬上了卡车,我被人群和水果筐挤来撞去的,听见寺前村人的乡音此起彼伏地响着。这种时刻你往往会自以为发现了人类生活的微妙之处,其实你什么也发现不了,我就觉得我很茫然。后来我抓住了一个寺前村少年的手,那个少年有着一双诚实而善良的眼睛,是他回答了我对棋手的最后的疑问。

那个人现在不下棋了吗?我问。

你说谁?说小彩的男人?他不下棋,他就喜欢到处捕蝴蝶。少年说,你认识小彩的男人?

小彩是谁?我又问。

小彩是他的女人呀。少年突然笑了,露出一排歪斜的牙齿,他说,你不认识小彩,小彩是蝴蝶精,她是蝴蝶变的!

我想这是我在寺前村听到的唯一的新闻,也是唯一的令我恐惧的新闻。

(1995 年)

小偷

小偷在箱子里回忆往事。如此有趣的语言总是有出处的。事实上它缘于一次拆字游戏。圣诞节的夜晚，几个附庸风雅的中国人吃掉了一只半生不熟的火鸡，还喝了许多白葡萄酒和红葡萄酒。他们的肠胃没有产生什么不适的感觉。他们聊天聊到最后没什么可聊了，有人就提议做拆字游戏。所谓的拆字游戏要求参加者在不同的纸条上写下主语、状语、谓语、宾语，纸条和词组都多多益善，纸条与词组越多组合成的句子也越多，变化也越大。他们都是个中老手，懂得选择一些奇怪的词组，在这样的前提下拼凑出来的句子就有可能妙趣横生，有时候甚至让人笑破肚皮。这些人挖空心思在一张张纸条上写字，堆了一桌子。后来名叫郁勇的人抓到了这四张纸条：小偷在箱子里回忆往事。

　　游戏的目的达到了，欢度圣诞节的朋友们哄堂大笑。郁勇自己也笑。笑过了有人向郁勇打趣，说，郁勇你有没有可以回忆的往事？郁勇反问道，是小偷回忆的往事？朋友们都说，当然是小偷回忆往事，你有没有往事？郁勇竟然说，让我想一想。大家看着郁勇抓耳挠腮的,并没有认真,正要继续游戏的时候,郁勇叫起来,我要回忆,他说,我真的要回忆,我真的想起了一段往事。

这是谁也没有预料到的,郁勇说了一个别人无法打断的故事。

我不是小偷,当然不是小偷。你们大概都知道,我不是本地人,我在四川出生,小时候跟着我母亲在四川长大。我母亲是个中学教师,我父亲是空军的地勤人员,很少回家。你们说像我这种家庭环境里的孩子可能当小偷吗,当然不会是小偷,可我要说的是跟小偷沾边的事情,你们别吵了,我就挑有代表性的事情说,不,我就说一件事吧,就说谭峰的事。

谭峰是我在四川小镇上的唯一一个朋友,他跟我同龄,那会儿大概也是八九岁。谭峰家住在我家隔壁,他父亲是个铁匠,母亲是农村户口,家里一大堆孩子,就他一个男的,其他全是女孩子,你想想他们家的人会有多么宠爱谭峰。他们确实宠爱他,但是只有我知道谭峰偷东西的事情,除了我家的东西他不敢偷,小镇上几乎所有人家都被他偷过。他大摇大摆地闯到人家家里去,问那家的孩子在不在家,就那么一会儿工夫,他就把桌上的一罐辣椒或者一本连环画塞在衣服里面了。有时候我看着他偷,我的心怦怦地跳,谭峰却从来若无其事。他做这些事情不避讳我,是因为他把我当成最忠实的朋友,我也确实给他做过掩护,有一次谭峰偷了人家一块手表,你知道那时候一块手表是很值钱的,那家人怀疑是谭峰偷的,一家几口人嚷到谭峰家门口,谭峰把着门不让他们进去,铁匠夫妻都出来了,他们不相信谭峰敢偷手表,但是因为谭峰嘴里不停地骂脏话,铁匠就不停地拧他的耳朵,谭峰嘴犟,他大叫着我的名字,要我出来为他作证,我就出去了,我说谭峰没有偷那块手表,我可以证明。我记得当时谭峰脸上那种得意的微笑和铁匠夫妇对我感激涕零的眼神,他们对围观者说,那是李老师的孩子呀,他家教好,从来不说谎的。这件事情就因为我的原因变成了悬案,过了几天丢手表的那家人又在家里发现了那只手表,他们还到谭峰家来打招呼,说是冤枉了谭峰,还给他送来一大碗汤圆,谭峰捧着那碗汤圆叫我一起吃,我们俩很得意,是我让谭峰悄悄地把手表送回去的。

我母亲看不惯谭峰和他们一家,不过那个年代的人思想都很先进,她说能和工农子弟打成一片也能受一点教育,她假如知道我和谭峰在一起干的事情会气疯的,偷窃,我母亲喜欢用这个词,偷窃是她一生最为痛恨的品行,但她不知道我已经和这个词汇发生了非常紧密的联系。

假如不是因为那辆玩具火车,我不知道我和谭峰的同盟关系会发展到什么程度。谭峰有一个宝库,其实就是五保户老张家的猪圈。谭峰在窝藏赃物上很聪明,老张的腿脚不太灵便,他的猪圈里没有猪,谭峰就挖空了柴草堆,把他偷来的所有东西放在里面,如果有人看见他,他就说来为老张送柴草,谭峰确实也为老张送过柴草,一半给他用,一半当然是为了扩大他的宝库。

　　我跟你们说说那个宝库，里面的东西现在说起来是很可笑的，有许多药瓶子和针剂，说不定是妇女服用的避孕药，有搪瓷杯、苍蝇拍、铜丝、铁丝、火柴、顶针、红领巾、晾衣架、旱烟袋、铝质的调羹，都是些乱七八糟的东西。谭峰让我看他的宝库，我毫不掩饰我的鄙夷之情，然后谭峰就扒开了那堆药瓶子，捧出了那辆红色的玩具火车，他说，你看。他小心翼翼地捧着火车，同时用肘部阻挡我向火车靠近，他说，你看。他的嘴上重复着这句话，但他的肘部反对我向火车靠近，他的肘部在说，你就站那儿看，就看一眼，不准碰它。

　　那辆红色的铁皮小火车，有一个车头和四节车厢，车头顶端有一个烟囱，车头里还坐着一个司机。如今的孩子看见这种火车不会稀罕它，可是那个时候，在四川的一个小镇上，你能想象它对一个男孩意味着什么，是人世间最美好的东西，对吗？我记得我的手像是被磁铁所吸引的一块铁，我的手情不自禁地去抓小火车，可是每次都被谭峰推开了。

　　你从哪儿偷来的？我几乎大叫起来，是谁的？

　　卫生院成都女孩的。谭峰示意我不要高声说话，他摸了一下小火车，突然笑了起来，说，不是偷的，那女孩够蠢的，她就把小火车放在窗前嘛，她请我把它拿走，我就把它拿走了嘛。

　　我认识卫生院的成都女孩，那个女孩矮矮胖胖的，脑子也确实笨，你问她一加一等于几，她说一加一是十一。我突然记起来成都女孩那天站在卫生院门前哭，哭得嗓子都哑了，她父亲何医生把她扛在肩上，像是扛一只麻袋一样扛回了家，我现在可以肯定她是为了那辆小火车在哭。

我想象着谭峰从窗子里把那辆小火车偷出来的情景，心里充满了一种嫉妒，我发誓这是我第一次对谭峰的行为产生嫉妒之心。说起来奇怪，我当时只有八九岁，却能够掩饰我的嫉妒，我后来冷静地问谭峰，火车能开吗？火车要是不能开，就没什么稀罕的。

谭峰向我亮出了一把小小的钥匙，我注意到钥匙是他从裤子口袋里掏出来的，一把简单的用以拧紧发条的钥匙。谭峰露出一种甜蜜的自豪的微笑，把火车放在地上，他用钥匙拧紧了发条，然后我就看见小火车在猪圈里跑起来了，小火车只会直线运动，不会绕圈，也不会拉汽笛，但是这对于我来说已经是一个奇迹了。我不想表现得大惊小怪，我说，火车肯定能跑，火车要是不能跑还叫什么火车？

事实上我的那个可怕的念头就是在一瞬间产生的，这个念头起初很模糊，当我看着谭峰用柴草把他的宝库盖好，当谭峰用一种忧虑的目光看着我，对我说，你不会告诉别人吧？我的这个念头渐渐地清晰起来，我没说话，我和谭峰一前一后离开了老张的猪圈，路上谭峰扑了一只蝴蝶，他要把蝴蝶送给我，似乎想作出某种补偿。我拒绝了，我对蝴蝶不感兴趣。我觉得我脑子里的那个念头越来越沉重，它压得我喘不过气来，可是我无力把它从我脑子里赶走。

你大概能猜到我做了什么。我跑到卫生院去找到了何医生，告诉他谭峰偷了他女儿的小火车。为了不让他认出我的脸，我还戴了个大口罩，我匆匆把话说完就逃走了。回家的路上我恰好遇到了谭峰，谭峰在学校的操场上和几个孩子在踢球玩，他叫我一起玩，我说我要回家吃饭，一溜烟似的就逃走了。你知道告密者的滋味是最难受的，那天傍晚我躲在家里，竖着耳朵留心隔壁谭峰家的动静，后来何医生和女孩果然来到了谭峰家。

　　我听见谭峰的母亲扯着嗓子喊着谭峰的名字，谭峰父亲手里的锤子也停止了单调的吵闹声。他们找不到谭峰，谭峰的姐姐妹妹满镇叫喊着谭峰的名字，可是他们找不到谭峰。铁匠怒气冲冲地来到我家，问我谭峰去了哪里，我不说话，铁匠又问我，谭峰是不是偷了何医生家的小火车，我还是不说话，我没有勇气作证。那天谭铁匠干巴的瘦脸像一块烙铁一样嗞嗞地冒出烈焰怒火，我怀疑他会杀人。听着小镇上响彻谭峰家人尖利疯狂的喊声，我后悔了，可是后悔来不及了，我母亲这时候从学校回来了，她在谭峰家门前停留了很长时间，等到她把我从蚊帐后面拉出来，我知道我把自己推到绝境中了。铁匠夫妇跟在我母亲身后，我母亲说，不准说谎，告诉我谭峰有没有拿那辆小火车？我无法来形容我母亲那种严厉的无坚不摧的眼神，我的防线一下就崩溃了，我母亲说，拿了你就点头，没拿你就摇头。我点了点头。然后我看见谭铁匠像个炮仗一样跳了起来，谭峰的母亲则一屁股坐在了我家的门槛上，她从鼻子里甩出一把鼻涕，一边哭泣一边诉说起来。我没有注意听她诉说的内容，大意反正就是谭峰跟人学坏了，给大人丢人现眼了。我母亲对谭峰母亲的含沙射影很生气，但以她的教养又不愿与她斗嘴，所以我母亲把她的怨恨全部发泄到了我的身上，她用手里的备课本打了我一个耳光。

他们是在水里把谭峰抓住的，谭峰想越过镇外的小河逃到对岸去，但他只是会两下狗刨式，到了深水处他就胡乱扑腾起来，他不喊救命，光是在水里扑腾，铁匠赶到河边，把儿子捞上了岸，后来他就拖着湿漉漉的谭峰往家里走，镇上人跟着父子俩往谭峰家里走，谭峰像一根圆木在地上滚动，他努力地朝两边仰起脸，唾骂那些看热闹的人，看你妈个×，看你妈个×！

正如我所预料的那样，谭峰不肯坦白。他不否认他偷了那辆红色小火车，但就是不肯说出小火车的藏匿之处。我听见了谭铁匠的咒骂声和谭峰的一次胜过一次的尖叫，铁匠对儿子的教育总是由溺爱和毒打交织而成的。我听见铁匠突然发出一声山崩地裂的怒吼，哪只手偷的东西？左手还是右手？话音未落谭峰的母亲和姐姐妹妹一齐哭叫起来，当时的气氛令人恐怖，我知道会有什么可怕的事情发生，我不愿意错过目睹这件事情的机会，因此我趁母亲洗菜的时候一个箭步冲出了家门。

我恰好看见了铁匠残害他儿子的那可怕的一幕，看见他把谭峰的左手摁在一块烧得火红的烙铁上，也是在这个瞬间，我记得谭峰向我投来匆匆的一瞥，那么惊愕那么绝望的一瞥，就像第二块火红的烙铁，烫得我浑身冒出了白烟。

我说得一点也不夸张，我的心也被烫出了一个洞。我没听见谭峰响彻小镇上空的那声惨叫，我掉头就跑，似乎害怕失去了左手手指的谭峰会来追赶我。我怀着恐惧和负罪之心疯狂地跑着，不知怎么就跑到了五保户老张的猪圈里。说起来真是奇怪，在那样的情况下我仍然没有忘记那辆红色的小火车，我在柴草堆上坐了一会儿，下定决心翻开了谭峰的宝库。我趁着日落时最后的那道光线仔细搜寻着，让我惊讶的是那辆红色的小火车不见了，柴草垛已经散了架，我还是没有发现那辆红色的小火车。

谭峰并不像我想象的那么愚笨，他把小火车转移了。我断定他是在事情败露以后转移了小火车，也许当他姐姐妹妹满镇子叫喊他的时候，他把小火车藏到了更为隐秘的地方。我站在老张的猪圈里，突然意识到谭峰对我其实是有所戒备的，也许他早就想到有一天我会告密，也许他还有另一个宝库，想到这些我有一种莫名的失落和悲伤。

你能想象事情过后谭家的混乱吧，后来谭峰昏过去了，是铁匠一直在呜呜地哭，他抱着儿子一边哭着一边满街寻找镇上的拖拉机手。后来铁匠夫妇都坐上了拖拉机，把谭峰送到三十里外的地区医院去了。

我知道那几天谭峰会在极度的疼痛中度过，而我的日子其实也很难熬。一方面是由于我母亲对我的惩罚，她不准我出门，她认为谭峰的事情有我的一半责任，所以她要求我像她的学生那样，写出一份深刻的检讨。你想想我那时候才八九岁，能写出什么言之有物的检讨呢，我在一本作业本上写写画画的，不知不觉地画了好几辆小火车在纸上，画了就扔，扔了脑子里还在想那辆红色的小火车。没有任何办法，我没有办法抵御小火车对我产生的魔力，我伏在桌子上，耳朵里总是听见隐隐约约的金属声，那是小火车的轮子与地面摩擦时发出的声音。我的眼前总是出现四节车厢的十六个轮子，还有火车头上端的那个烟囱，还有那个小巧的脖子上挽了一块毛巾的司机。

让我违抗母亲命令的是一种灼热的欲望，我迫切地想找到那辆失踪的红色小火车。母亲把门反锁了，我从窗子里跳出去，怀着渴望在小镇的街道上走着。我没有目标，我只是盲目地寻找着目标。是八月的一天，天气很闷热，镇上的孩子们聚集在河边，他们或者在水中玩水，或者在岸上做着无聊的官兵捉强盗的游戏，我不想玩水，也不想做官兵做强盗，我只想着那辆红色的铁皮小火车。走出镇上唯一的麻石铺的小街，我看见了玉米地里那座废弃的砖窑。这一定是人们所说的灵感，我突然想起来谭峰曾经把老叶家的几只小鸡藏到砖窑里，砖窑会不会是他的第二个宝库呢，我这么想着无端地紧张起来，我搬开堵着砖窑门的石头，钻了进去，我看见一些新鲜的玉米秆子堆在一起，就用脚踢了一下，你猜到了？你猜到了。事情就是这么简单，不是说苍天不负有心人吗？我听见了一种清脆的回声，我的心几乎要停止跳动了，苍天不负有心人呀，就这么简单，我在砖窑里找到了成都女孩的红色小火车。

你们以为我会拿着小火车去卫生院找何医生？不，要是那样也就不会有以后的故事了。坦率地说我根本就没想物归原主，我当时只是发愁怎样把小火车带回家，不让任何人发现。我想出了一个办法，把汗衫脱下来，又掰了一堆玉米，我用汗衫把玉米连同小火车包在一起，做成一个包裹，提着它慌慌张张地往家里走。我从来不像镇上其他的男孩一样光着上身，主要是母亲不允许，所以我走在小街上时总觉得所有人都在朝我看，我很慌张，确实有人注意到了我的异常，我听见一个妇女对另一个妇女说，热死人的天，连李老师的孩子都光膀子啦。另一个妇女却注意到了我手中的包裹，她说，这孩子手里拿的什么东西，不会是偷的吧？我吓了一跳，幸亏我母亲在镇上享有美好的声誉，那个多嘴的妇女立刻受到了同伴的抢白，她说，你乱嚼什么舌头？李老师的孩子怎么会去偷东西？

我的运气不错，母亲不在家，所以我为小火车找到了安身之处，不止是床底下的杂物箱，还有两处作为机动和临时地点，一处是我父亲留在家里的军用棉大衣，还有一处是厨房里闲置不用的高压锅。我藏好了小火车，一直坐立不安。我发现了一个问题，就是那把拧发条的钥匙，谭峰肯定是把它藏在身边了。我得不到钥匙，就无法让小火车跑起来，对于我来说，一辆不能运动的小火车起码失去了一大半的价值。

我后来的烦恼就是来自这把钥匙。我根本没考虑过谭峰回家以后如何面对他的问题。我每天都在尝试自己制作那把钥匙，有一天我独自在家里忙乎，在磨刀石上磨一把挂锁的钥匙，门突然被谁踢开了，进来的就是谭峰。谭峰站在我的面前，气势汹汹地瞪着我，他说，你这个叛徒，内奸，特务，反革命，四类分子！我一下子乱了方寸，我把挂锁钥匙紧紧地抓在手心里，听凭谭峰用他掌握的各种词汇辱骂我，我看着他的那只被白布包得严严实实的左手，一种负罪感使我失去了还击的勇气。我保持沉默，我在想谭峰还不知道我去过砖窑，我在想他会不会猜到是我去砖窑拿走了小火车。谭峰没有动手，可能他知道自己只用一只手会吃亏，所以他光是骂，骂了一会儿他觉得没意思了，就问我，你在干什么？我还是不说话，他大概觉得自己过分了，于是他把那只左手伸过来让我参观，他说，你知道绑了多少纱布，整整一卷呢！我不说话。谭峰就自己研究手上的纱布，看了一会儿他忽然得意地笑起来，说，我把我老子骗了，我哪儿是用左手拿东西，是右手嘛。他向我提出了一个问题，喂，你说烫左手合算还是烫右手合算？这次我说话了，我说，都不合算，不烫才合算。他愣了一下，对我做了个轻蔑的动作，傻瓜，你懂个屁，右手比左手重要多了，吃饭干活都要用右手，你懂不懂？

谭峰回家后我们不再在一起玩了，我母亲禁止，铁匠夫妇也不准他和我玩，他们现在都把我看成一个狡猾的孩子。我不在乎他们对我的看法，我常常留心他们家的动静，是因为我急于知道他是否去过砖窑，是否会怀疑我拿了那辆红色小火车。

那一天终于来到了。已经开学了，我被谭峰堵在学校门口，谭峰的模样显得失魂落魄的，他用一种近乎乞求的眼神盯着我，他说，你拿没拿？我对这种场景已经有所准备，你不能想象我当时有多么的冷静和世故，我说，拿什么呀？谭峰轻轻地说，火车。我说，什么火车？你偷的那辆火车？谭峰说，不见了，我把它藏得好好的，怎么会不见了呢？我告诫自己要冷静，不能提砖窑两个字，于是我假充好人地提醒他，你不是放在老张家的猪圈里了吗？谭峰朝我翻了个白眼，随后就不再问我什么了，他开始向操场倒退着走过去，他的眼睛仍然迷惑地盯着我，我也直视着他的眼睛，随他向操场走去。你肯定不能相信我当时的表现，一个八九岁的孩子，会有如此镇定成熟的气派。这一切并非我的天性，完全是因为那辆红色的小火车。

我和谭峰就这样开始分道扬镳，我们是邻居，但后来双方碰了头就有一方会扭过脸去，这一切在我是由于一个沉重的秘密，在谭峰却是一种创伤造成的。我相信谭峰的左手包括他的内心都遭受了这种创伤，我得承认，那是我造成的。我记得很清楚，大概是在几个月以后，谭峰在门口刷牙，我听见他在叫我的名字，等我跑出去，他还在叫我的名字，但他并不朝我看一眼，他在自言自语，他说，郁勇，郁勇，我认识你。我当时一下子就闹了个大红脸，我相信他掌握了我的秘密，让我纳闷的是自从谭峰从医院回家，我一直把小火车藏在高压锅里，连我母亲都未察觉，谭峰怎么会知道？难道他也是凭借灵感得知这个秘密的吗？

说起来可笑，我把小火车弄到手以后很少有机会摆弄它，更别提那种看着火车在地上跑的快乐了，我只是在确保安全的情况下偶尔打开高压锅的盖子,看它几眼,仅仅是看几眼。你们笑什么?做贼心虚?是做贼心虚的感觉,不,比这个更痛苦更复杂,我有几次做梦梦见小火车,总是梦见小火车拉响汽笛,梦见谭峰和镇上的孩子们迎着汽笛的声音跑来,我就被吓醒了,我知道梦中的汽笛来自五里地以外的宝成铁路,但我总是被它吓出一身冷汗。你们问我为什么不把火车还给谭峰?错了,按理要还也该还给成都女孩,我曾经有过这个念头,有一天我都走到卫生院门口了,我看见那个女孩在院子里跳橡皮筋,快快活活的,她早就忘了小火车的事了。我想既然她忘了我还有什么必要做这件好事呢?我就没搭理她,我还学着谭峰的口气骂了她一句,猪脑壳。

我很坏?是的,我小时候就坏,就知道侵吞赃物了。问题其实不在这里,问题在于我想有这么一个秘密,你们替我想想,我怎么肯把它交出去?然后很快就到了寒假,就是那年寒假,我父亲从部队退役到了武汉,我们一家要从小镇迁到武汉去了。这个消息使我异常兴奋,不仅因为武汉是个大城市,也因为我有了机会彻底地摆脱关于小火车的苦恼,我天天盼望着离开小镇的日子,盼望离开谭峰离开这个小镇。

离开那天小镇下着霏霏冷雨,我们一家人在汽车站等候着长途汽车。我看见一个人的脑袋在候车室的窗子外面闪了一下,又闪了一下。那是谭峰,我知道是他,但我不理他。是我母亲让我去向他道别,她说,是谭峰要跟你告别,你以前还是好朋友,你怎么能不理他?我只好向谭峰走过去,谭峰的衣服都被雨点打湿了，他用那只残缺的手抹着头发上的水滴，他的目光躲躲闪闪的，好像想说什么，却始终不开口，我不耐烦了，我转过身要走，一只手却被拉住了，我感觉到他把什么东西塞在了我的手里，然后就飞快地跑了。

你们都猜到了，是那把钥匙，红色小火车的发条钥匙！我记得钥匙湿漉漉的，不知是他的手汗还是雨水。我感到很意外，我没想到会有这么一个结局，直到现在我对这个结局仍然感到意外。有谁知道谭峰是怎么想的吗？

朋友们中间没人愿意回答郁勇的问题，他们沉默了一会儿，有人问郁勇，你那辆小火车现在还在吗？郁勇说，早就不在了。到武汉的第三天，我父母就把它装在盒子里寄给何医生了。又有人愚蠢地说，那多可惜。郁勇笑起来，他说，是有点可惜，可你怎么不替我父母想想，他们怎么会愿意窝藏一件赃物？他们怎么会让我变成一个小偷？

（1998 年）

拱猪

我保持沉默。那天早晨我看见了和冯小桃走在一起的人。我亲眼看见他们从大坝上手牵手地冲下来，向农场走来。冯小桃穿着红衬衫、白裙子，那么醒目的女孩，只有瞎子才认不出她来。另外一个人是男的，那个男的在靠近香草田的时候突然消失了。他消失了也没用，我看见了他。我知道他是谁，但我不想说。对于这件事，我保持沉默。

　　我们天天在学校的农场里劳动，给二十亩香草地施肥、锄草。香草地，这是女生的说法，我们这些男生其实不清楚农场种的这些植物的名字，看它们的叶子长得有点像菊花，或者是薄荷、留兰香之类的东西，没有人想弄清楚，所以也没有人去问那个矮小的长着一个红鼻子的技术员，我们只是跟着女生把农场里的大片的地叫做香草地。

　　我和赵丰收每天要从河边的运肥船担十桶粪肥到香草田里，粪肥的气味和重量没有让我体会到劳动锻炼的好处，我讨厌带队老师李胖分配给我这个倒霉的工作。我劳动的时候心里有怨气，我觉得我的肩膀被一桶又一桶的粪肥压得很疼，在这种情况下赵丰收偏偏缠着我问，你看见是谁，谁和冯小桃一起出去了？我不理他。赵丰收的声音不依不饶地缠着我，谁啊？到底是谁？是和野猪吧？我不理他，不理他不行，赵丰收这种人我是了解的，就连谁放了一个屁他也会打破砂锅问到底的。我的恶毒的念头是在一瞬间产生的，我突然把扁担扔在地上，对赵丰收大声吼道，你装什么蒜？我看见的就是你！

我记得赵丰收站在粪桶边手足无措的狼狈的模样，他瞪大眼睛看着我，别开玩笑，他结结巴巴地说，这种事情，你开什么玩笑？我记得香草地里有几个女生关注地看着我们，有个女生突然发出一种尖利的短促的笑声，然后她们就一齐弯下腰去锄草，装作什么也没听见似的。

赵丰收面红耳赤，他东张西望，用手指挠耳朵，一边挠着一边含糊地骂着脏话，但是我很快意识到他的愤怒并不真实，我发现他东张西望的时候脸上流露出某种喜悦之情，他还向冯小桃那边瞥了好几眼。赵丰收的反应让我感到很意外。

我不内疚。没什么可内疚的。有人说我陷害赵丰收，这简直是放屁。当你陷害一个人，而对方从中得到了某种荣耀或者光荣，那怎么还是陷害？我和赵丰收谁也不怨谁。我知道怨恨我的是冯小桃。冯小桃那天下午风风火火冲进男生宿舍，把一把梳子扔在我身上，她尖声地喊了一声我的名字，然后骂道，你是一头猪！骂完她又风风火火地跑了。

当时赵丰收正躺在我的上铺吹口琴，冯小桃冲进来的时候他的口琴不知怎么掉了下来，从上铺掉下来，正好掉在冯小桃的脚下。我看见赵丰收弯着腰站在上面，他等待着什么，但是冯小桃没有注意他的口琴，也没有向他瞟上一眼，她就像专程来完成这个骂人的任务，骂完就跑了。

你是一头猪。赵丰收下来捡口琴，我听见他在模仿冯小桃的声音，同时他还夸张地扭了扭身子。宿舍里的人都会心地笑起来，赵丰收自己却没笑。我看见他将口琴在自己衣袖上擦了擦，然后爬上了床。我看出冯小桃的出现使他很兴奋，我注意到他往裤袋里放了样东西，但我当时没有想到他把冯小桃的梳子也捡起来了。

被一个女同学骂是一件很丢面子的事情。我很恼火，我正在恼火的时候带队老师李胖来了。请不要误以为来的是一个胖子，李胖其实是个矮小结实的人，不知道这个绰号是怎么来的，大家都在背地里叫他李胖，我们当然也这么叫他。李胖站在门外，脑袋探进来在宿舍里环视了一圈，他的目光停留在我脸上，我以为他要把我叫出去了，我做好了出去的准备，可是他的明亮锐利的目光从我脸上滑过去了。

赵丰收，你到我宿舍来一趟。

我听见李胖把赵丰收叫了出去，语气听上去很平淡。他把赵丰收叫了出去，完全出乎我的意料。

女同学嘴快，是她们把这件事情传遍了学校农场。赵丰收在李胖宿舍里谈话那会儿，起码有五个女同学挤在窗外，一边向里面偷窥,一边窃窃私语。我能猜出她们愚蠢的思维将生产出一些愚蠢的闲话,但我不会向她们透露什么,尽管她们用期盼的眼神看着我,我还是冷酷无情地对她们说,你们知道个屁,你们笨得像一头猪!

需要说明这样的骂人话在农场风靡一时,也是有原因的,它缘于我们学农闲暇时打的一种扑克游戏,游戏的名称就叫拱猪。弄清楚这一点有助于消除误会,不要以为我们天生喜欢污言秽语的,我们只是把别人骂成一头猪,而不是别的。最刻毒和最温和的骂人话相差无几,它们都与猪有关。

我到另外一个宿舍去打扑克。当然是拱猪。熟知这种游戏的人都知道,黑桃Q就是所谓的猪。游戏的核心就是要让这只"猪"暴露目标,赶它出来,赶到随便哪一个对手那里,就是不能落在自己手中。那天我有点心神不定,我看见手里的黑桃Q脑子里就闪过冯小桃的影子,这样怎么能打好牌?我心神不定,发现赵丰收不知什么时候站在我身后,而且还教我出牌。我看他没事人似的,就更加心神不定,我忍不住轻声问他,怎么样了?他跟你说什么?赵丰收却跟我装蒜,他说,什么怎么样?你还是打你的牌吧。我对他的这种态度感到莫名的恼怒,我说,你装什么蒜?你怎么解释的?赵丰收说,我没解释,解释什么呀?有什么可解释的?我还是不明白他的态度为什么如此坦然,我突然意识到了什么,我说,你承认了?你承认跟她一齐出去了?旁边的同学开始注意我们的谈话了,我看见赵丰收的一只手突然抓住我的扑克,他脸上掠过的笑意也让我摸不着头脑，你不想打我来打。说着赵丰收就把我从椅子上拉起来，强行把我的位置占了。

现在轮到我站在一边看他们打扑克了。我发现"猪"在赵丰收手中，就给另外的三家打了暗号，然后我若无其事地走了出去，我觉得赵丰收这种人活该当猪，这头猪活该被人拱出来。

回到宿舍时我又看见了冯小桃，冯小桃正像一个老娘们一样在我们宿舍里撒泼，她叉着腰站在门口，嘴里连声嚷嚷着，拿出来，我给你们最后一个机会！我走进宿舍，冯小桃送给我一个白眼，她说，你们不拿出来，我就搜了！宿舍里的人对我挤眉弄眼的，他们说，是你拿了她的梳子吧，快点拿出来，否则她要把我们杀了。我没来得及申辩，看见冯小桃已经开始了搜寻，她把所有枕头和被褥都翻了一遍，最后翻到我和赵丰收的双层床，我说，你要是翻不到怎么说？旁边有人起哄道，翻不到你跟他去坝上走一趟。冯小桃怒气冲冲，她踩着我的床沿，一只手像一把扫帚似的向赵丰收枕头下扫了一下，宿舍里的所有人都看见一把黄色的塑料梳子飞了出来，所有人都发出了一声惊呼。

好像冯小桃对这个结果是胸有成竹的，我看见她的美丽的脸上露出一种得意的微笑，她把梳子插在刚刚洗过的长发上，动作娴熟而自然，我听见她走出去时轻声骂了一句，猪。

我不明白赵丰收为什么把冯小桃的梳子藏起来。我想他这么做总是有原因的，也许就像别人传说的那样，赵丰收看上冯小桃了。

李胖终于找我谈话了。我知道我躲不过去,所以我走进他宿舍时镇定自若,我还向他要香烟抽,他装作没听见,我也就没再要。李胖是个聪明人,与聪明人在一起你必须比他更聪明,才不会吃亏。

李胖绕了个圈子,他问我对学农有没有抗拒的情绪,他说有人反映,说我在宿舍里发牢骚,嫌挑粪太脏太累,我正在考虑如何回答呢,他已经切入了正题。听说你看见冯小桃和谁去坝上了?他直视着我的眼睛,你看见了?是谁?

没有。谁说我看见了?我矢口否认,我说,是谁这么说的?让他来当面对质。

这会儿又说没看见了。李胖笑了笑,还叹了口气,那你为什么到处说,说你看见了呢?

看见什么?我仍然装傻,我觉得我这样装傻很聪明,我说,你把我弄糊涂了,我说什么了?我什么也没说。

李胖锐利明亮的目光落在我的手背上,我的手背上莫名其妙地有个字:猪。一定是谁趁我睡觉时偷偷写的,我骂了句脏话,用力把那个字迹擦掉了。李胖没有笑,他一直耐心地打量着我,突然问了我那句话,使我感到很意外。

你看见过冯小桃和赵丰收在一起吗?

我愕然地摇头,我说,我从来没看见他们在一起,谁说我看见他们在一起了?

李胖这时又露出了难得的笑容,他说,你很会替人保密嘛,看不出来,你还很懂得沉默。

我没说话,我低下头,看着李胖皮鞋上的一块黄色的泥巴,这会儿我有点紧张了,当我紧张的时候我就保持沉默,这是我最常用的方法。我在凳子上欠了欠身子,表示我不想在这里受盘问。李胖注意到了我的动作,他是个多么聪明的人,他自己先站了起来,保持沉默也好,他说,不给别人添麻烦,自己也不会惹麻烦。

总的说来,李胖作为一个老师不是那么让人讨厌的,至少他聪明,我就是这么认为的。对于聪明的人,我一直怀有天生的敬意,不像赵丰收这种人,你看见他就想批评他、骂他,甚至污辱他。

那天夜里赵丰收下床撒尿,照例把他的脚落在我的面前,我扬手狠狠地给了他一拳,而且还附加了农场流行的骂人话:猪!

有一天早晨我们发现赵丰收不见了。直到分早餐的时候他才出现在宿舍里。当然会有人追问他去哪儿了,赵丰收对追问者瞪眼睛,说,我在厕所里,拉屎你也管啊?没有人相信赵丰收的鬼话,没有人认为赵丰收是故意把自己的行踪神秘化的,这些人很容易被种种表面现象所迷惑,他们认为赵丰收有问题,他们还自作聪明地刺探他,又跟谁去坝上了吧?赵丰收的样子就像被击中要害一样,他还做出要揍人家的样子,我忍不住就在旁边发出了冷笑，我对赵丰收说了一句一语双关的话，你是猪啊，只有猪才喜欢往粪堆里拱！也不知道他是否听懂了我的双关语，我发现他的眼神对我躲躲闪闪的，他不敢正视我，嘴里嘟嘟囔囔地说，你才是猪，你才喜欢往粪堆里拱。

我不知道赵丰收的脑子出了什么毛病，我猜到他早晨的失踪与冯小桃有关，这个猜测很快就得到了证实，赵丰收是跟红鼻子技术员到马桥镇去买柴油了。后来我们就知道了海棠糕的事，后来我们就知道赵丰收在马桥镇买了四只海棠糕，全部送给了冯小桃。

馋嘴的女同学热衷于去马桥镇买海棠糕，这没有什么奇怪的，但是我们怎么也没想到赵丰收会做这样的事。冯小桃作为当事人也没有想到赵丰收会做出这样的事，她好好地在洗饭盒，突然就看见一个纸包从天而降，落在她的饭盒里，你让她怎么能不尖叫？有的女孩子天生就喜欢将尖叫作为自己的责任，何况是冯小桃？冯小桃回过头看见了赵丰收，她看见赵丰收向她挤眼睛，赵丰收说，海棠糕，你喜欢吃的。这么唐突这么性急的示爱方式，你让冯小桃怎么能领情？冯小桃跷起兰花指从纸袋里掂出一只海棠糕，放在鼻子下闻了闻，赵丰收给她的食物，你让她怎么能不闻一下？冯小桃闻到了一股柴油味，然后她就像扔一块火炭一样把海棠糕扔在了地上，水池附近的同学都目睹了这一幕，而且他们还听见了冯小桃愤怒的尖叫声，别来缠我！冯小桃尖叫道，你算什么东西？你是一头癞皮猪！

拱猪　39

只有骂人癞皮狗,从来没听说有骂人癞皮猪的,我们都认为冯小桃骂人骂出了新意。所以我们后来在谈论这件事情的时候,海棠糕几乎无人提及,大家都对癞皮猪这个词汇产生了浓厚的兴趣,癞皮猪!癞皮猪!这个新词汇在男生宿舍里此起彼伏,首当其冲的当然是赵丰收,不管赵丰收的脸色有多么苍白,也不管赵丰收的心情有多么恶劣,我们看见他走进宿舍就会一齐发出欢快的叫声,癞皮猪!

我记得冯小桃是被她母亲提前从农场接走的。李胖把母女俩送到了坝上,男生女生都站在各自的宿舍门前,目送香草田里那三个人影渐渐远去,除了赵丰收留在床上,我们一直站在那里,看着冯小桃的红衬衫、白裙子渐渐消失在坝上,我觉得每个同学的脸上都有一种不怀好意的微笑。后来李胖回来了,看见我们仍然站在宿舍门口,李胖就像赶鸭子一样把我们往宿舍里赶,他说,看什么?有什么好看的,再过两天,大家都回家去了!

两天以后我们在香草农场的劳动结束了。我们没有机会看到农场的冶炼炉是如何工作的,据红鼻子技术员说一亩地的香草只能榨取一小瓶液体香精。他那种轻视我们劳动的腔调使许多人心里不痛快,有人就在临走前不失时机地奉送给他一个绰号,叫做红鼻猪。

我们在坝上等待学校的汽车。汽车却迟迟不来,二十几个同学就放下铺盖当凳子坐下来,耐心地守望着大坝外面的公路。我记得是李胖提议把扑克拿出来的,我忘了说李胖是拱猪的高手。大家争先恐后往他那里挤，需要说明的是这不是什么拍马屁，谁都觉得和李胖在一起玩拱猪是一种享受，因为他是真正的高手。李胖挑了三个人，其中当然有我，有我不奇怪，奇怪的是他还挑选了赵丰收，这个脑子有严重问题的人。我不知道李胖为什么要挑选这么个鱼龙混杂的阵容。

说的是最后一副牌。最后一副牌我已经估计到黑桃Q在李胖的手上，我怀着一种挑战的心理连续出黑桃，期望能抓住李胖，但我发现赵丰收紧张起来，他用一种几乎是仇恨的目光瞪着我，我猜到他手中黑桃少了，我猜到黑桃K和黑桃A在他手中，可我才不管他呢。我看见赵丰收突然狂叫了一声，将一张黑桃A重重地扔在地上，我听见李胖说了一句，拱得好。李胖用一种非常优雅的动作把"猪"轻轻地放在赵丰收的面前。一头讨厌的"猪"。然后我手里的扑克就被赵丰收抢去了，赵丰收那天的情绪很反常，他的黝黑的脸膛涨得通红，一只手抓起一把扑克向空中扔去，玩什么扑克，他说，马上就回家了，还玩什么扑克？

我们都惊愕地看着赵丰收，谁也没见过他恼羞成怒以后是这种模样。我们醒过神来就开始痛骂赵丰收，我们说，你输不起就滚一边去，谁要跟你玩？只有李胖不动声色，李胖不动声色地盯着赵丰收，他说，你当了九次猪，你要受罚。你想耍赖不行，你要受罚。赵丰收背过身去，看着大坝与公路之间的河流，他说，罚就罚，你说怎么罚吧？李胖说，学猪的样子，在地上爬，学猪的样子，一边爬一边啃泥巴呀。我觉得所有人一下都安静下来了，所有人都盯着赵丰收宽阔的后背，有个同学悄悄地靠上去，企图用粉笔在他背上写字，被赵丰收一把揪住了手。我觉得赵丰收那天很反常，包括他的这种敏锐的反应，同样让人吃惊。然后我们听见他的声音也是异样的，他突然站起来说，我不爬，我自己罚自己。我们听出他的声音带着掩饰不住的哽咽，他说，我头脑冲动，我要罚自己，清醒一下头脑。

赵丰收向坝下的河水奔去时我们还不知道他要干什么，我们都愣在那里。我记得李胖问我，他会不会游泳？我说他会游泳，李胖向前追赶的姿势一下就停滞了，他在我脖子上推了一下，说，去拉住他，他今天很不正常！

我追到河边的时候赵丰收已经跳进了河水中，我看见他像一条网中之鱼在水中跳，就像一条疯狂的鱼，他在水中一上一下地跳，水花溅到了我的脸上。我听见他在一遍遍地怒吼，我不是猪，我不是猪！我就在岸上安慰他，我说，谁说你是猪，不都在开玩笑吗？你怎么突然认真起来了？

坝上又有人向我们这里跑来了，我指着坝上的人影说，你出什么洋相，女生都在笑话你呢。不知道是不是我的这句话产生了作用，我看见赵丰收突然转过身，向我这里走来，他满面水痕，看不出是否有眼泪，我觉得他的表情很严肃，因此我不能再嘲弄他，他好像是要告诉我什么。我等待着，听见他在我耳边大口地喘气，然后他就告诉了我那件事情，我知道了，我知道冯小桃跟谁了，他说着还指着坝上的土坡，他说，他们两个人，就躲在这里。我下意识地回头看着坝上，问他，你说谁？是谁跟冯小桃在一起？赵丰收的脸抽搐着，我觉得他差点就要哭出来了，从坝上跑下来的人正向我们靠近，赵丰收看着他们，然后他突然对我说，你不说，我也不说，你不说，我为什么要说？

我保持沉默。我保持沉默是因为我觉得沉默是容易的事。我保持沉默，因为我觉得这件事情说出去对我没有任何好处。

我把赵丰收从水中拉了上来。这个瞬间我不再蔑视赵丰收，我突然意识到这个人可能是我一生中见到的第一个坠入情网的人。我以前不懂什么叫坠入情网，但是那天在大坝上我懂了，我认为坠入情网的一个重要标志就是糊涂和愚蠢，其次就是容易让别人笑话。当然这只是我那时胡乱总结的一个哲理，少不更事，故作深沉罢了。一个人一生中会遇到许多值得记忆的人，就像我记忆中的赵丰收，奇怪的是赵丰收进入我记忆的途径，我总在与朋友玩扑克的情况下想起赵丰收，我看见黑桃Q就想起这个中学同学。拱猪这种游戏早已经不再流行，但赵丰收作为那头"猪"的形象代表却闪烁着永远的不幸的光芒。

将一个人与猪联系起来，不管出于什么原因都是残忍而缺乏人道的，所以我想假如以后拱猪游戏再度盛行的话，应该有名称替代拱猪这个字眼，可以考虑叫叼羊、捉鸡什么的，最好还是改叫叼羊吧——鸡这种家禽如今给人以更加不洁的感觉。

(1998年)

红桃Q

有些人就是改不了小偷小摸的毛病，在我们香椿树街上这种情况尤其严重，你稍不留神家里的腌鱼、香烟甚至扫帚就会失踪，所以那天当我发现我的扑克牌少了一张红桃Q时，我立即想到有人偷去了我的红桃Q。

你不知道我有多么爱护我的扑克牌，那是我在一九六九年唯一的玩具，我常常用它和我哥哥玩一种名叫大洛克的游戏。玩扑克牌是不能缺少任何一张牌的，也正因为如此，我在每一张牌后面都写了我的名字，我以为这样一来谁也不会来偷我的扑克了，可是我错了。我去向我哥哥打听红桃Q的下落，他说，丢一张牌算什么？我们学校李胖的儿子都丢了，一个人丢了都没人找，谁替你找一张破牌？我从他的表情里察觉出某种蹊跷之处，几天前他向我借一毛钱，我没理睬他，我怀疑他故意偷走了红桃Q作为对我的报复，我这么想着就把手伸到他的枕头里、床褥下还有抽屉中搜查起来，你知道我哥哥不是什么好惹的人，他突然大叫起来，你他妈的把我当牛鬼蛇神呀？你他妈的敢抄我的家？说着他就朝我屁股上狠狠地踹了一脚。

后来我们兄弟俩就扭打起来了，后来当然是我挂了眼泪灯笼，我哥哥一看局面不堪收拾了，纵身一跃就跳到了窗外的大街上，隔着窗子他对我说，你真他妈的没骨气，丢一张破扑克牌有什么了不起的？不就是一张红桃Q吗，哪天我给你弄一张红桃Q不就完了？

我哥哥是个吹牛皮大王，即使他说那番话是认真的，我也不相信他能弄来那张红桃Q。那是一九六九年，我们这个城市处于一种奇怪的革命之中，人们拒绝了一切娱乐，街上清寂无人，店铺的大门半开半闭，即使你走遍整座城市也看不见一张扑克牌的影子。你想象一九六九年一个雨雪霏霏的冬日，一个孩子在布市街（当时叫红旗街）一带走走停停，沿途扒在每一个柜台上朝货架上张望。营业员说，这位小同志你要什么？孩子说，扑克牌。营业员便都皱起了眉头，语气也不耐烦了，哪有什么扑克牌？没有！

我这么精心描述我当时寻觅扑克牌的情景，只是为了让你相信，我说的一切都是真的。

我跟随我父亲到上海去就是为了买一盒新扑克牌。从我们那座城市坐火车去上海大约需要两个钟头。那是我生平第一次坐火车，但我不记得当时是什么心情了，况且两个钟头的旅程过于短暂，只记得我父亲一直与邻座谈论着橡胶、钢铁什么的，谈着谈着火车就停下来了，上海到了。

一九六九年的上海是灰蒙蒙的死城，我这么说其实多半是一种文学演绎，因为除了那些土黄色的有钟楼的大圆顶房子，还有临近旅社的一长溜摆放豆制品的木架，我对当时上海的街景几乎没有什么记忆。我跟随出公差的父亲走在上海的大街上，眼光只是关注着路边每一家店铺的玻璃柜台。你应该相信，即使是在一九六九年，上海的店铺也比我们那儿的店铺更像店铺，不管是肥皂、草纸还是糖果糕点都整洁有序地摆放在柜台货架上，有几次我一眼就看见类似扑克牌的小纸盒，但每次跑过去一看，那却是一盒伤湿止痛膏或者是一盒香烟，上海也没有扑克牌？上海也没有扑克牌，这让我失望透顶，我想香椿树街上的那些妇女常常叽叽呱呱地谈论上海的商品，她们把上海说成一个应有尽有的城市，现在看来全是骗人的鬼话。

我说过我父亲公务在身，他没有时间陪我在店铺里寻觅扑克牌，他要赶在别人下班前办完他的事情。在一幢灰白色的挂着许多标语条幅的水泥大楼前，父亲松开了我的手，他把我推到传达室的窗前，对里面的一个中年女人说，我上你们革委会办点事，你替我看一下我儿子。我看见那女人漠然地扫视着我们，鼻孔里哼了一声，出公差还带着孩子？什么作风！

我父亲无心辩解，他拎着一只黑色公文包匆匆地往楼上跑去，剩下我一个人站在上海的这座陌生的水泥大楼里，站在一个陌生女人冷冰冰的视线里。我看见传达室的炉子上有一壶水噗噗地吐着热气，那些热气在小屋里轻轻地漫溢着，墙上的毛泽东画像和几面红旗便显得有些湿润而模糊，那个女人的双手一直在桌下做着某种机械动作，偶尔地她抬起头朝我瞟上一眼。我突然很想知道她在干什么，于是我撑住窗沿腾起身子，朝桌子下面的那双手看了一眼，我看见一只苍白的手抓着一只圆形绣花架，另一只苍白的手捏着绣花针和丝线，我还看见了那块白绢上的一朵红花，是一朵绣了一半的硕大的红花。

你干什么？女人发现了我的动作，她几乎是惊恐地把手里的东西扔在桌下，她伸出一只手来抓我的胳膊，但我躲闪开了，我发现那个女人的眼睛里露出一丝凶光，她从桌上捡起一支粉笔朝我扔过来，嘴里恶声恶气地说，哪来的小特务小内奸？鬼头鬼脑的，给我滚开！

我逃到了街道的另一侧。我觉得那个女人莫名其妙，她把两只手藏在办公桌下绣花莫名其妙，她对我喷发的怒火更是莫名其妙。我其实不在乎她把手藏在桌下干什么，不就是绣一朵花吗，为什么要偷偷摸摸的呢？我想假如知道她是在绣花，我才懒得望她一眼，问题是她不知道我的心思，其实当我撑住窗沿看她的手时，我最希望看见的是扑克牌或者只是一张红桃Q。

我第一次去上海充满了失落感，我父亲拉着我的手在上海的街道上怒气冲冲地走，他说，扑克牌，扑克牌，你知不知道那是封资修的东西，那不是什么好东西！

现在我可以确定当年随父亲投宿的旅社临近外滩或者黄浦江，因为那天夜里我听见了海关大钟、小火轮以及货船汽笛的声音，我还记得旅社的房间里有三张床，每张床上都悬着夏天才用得上的圆罩形蚊帐。除了我和父亲，房间里还住着一个操北方口音的男人，那个男人长了一脸硬如猪鬃的络腮胡子。

起先我一个人睡一张床。灯开着，窗外的上海在一种类似呜咽的市声中渐渐沉入黑暗，我看不见窗外的事物，我只是透过蚊帐看着房间的墙。墙是米黄色的，墙上有一张爱国卫生月的宣传画，我觉得宣传画上那个手持苍蝇拍的男孩很像我们街上的猫头（猫头也许与失窃的那张红桃Q有关，他是我的重点怀疑对象）。我想了一会儿猫头与红桃Q的事，突然就看见了墙上的那摊血迹，真的是很突然地看见了那摊血迹，它像一张地图印在墙上，贴着床上的蚊帐，离我的枕边仅仅一掌之距。

墙上有血！我朝另一张床上的父亲大叫起来。

哪来的血？我父亲从床上欠起身子，朝我这里草草地望了一眼，他说，是蚊子血，夏天谁打蚊子时留在墙上的。

不是蚊子的血。我有点惊恐地研究着墙上那摊血迹，蚊子的血没有这么多！

别去管它了，闭上眼睛好好睡，马上要拉灯了。父亲说。

我看见那个络腮胡男人钻出蚊帐，他三步两步地跳过来，掀起我床上的蚊帐，是这摊血吧？他看了我一眼，掉头用一种明亮的目光盯着墙上的那摊血迹看，然后我看见那个男人做了一个令人震惊的动作，他把食指放进嘴里含了一会儿，突然伸到墙上的血迹中心狠狠地刮了一下，又把食指放回到嘴里，我看见他微微皱了皱眉头，往地上啐了一口唾沫。

是人血。他三步两步地跳回自己的床，在蚊帐里嘿地笑了一声，是人血，我一看就知道是人血。

刹那间恐惧使我的心狂跳起来，我扑向父亲的那张床，什么也没说，一头钻进了父亲的被窝。

　　是从谁头顶上溅出来的血，我一看就知道了。络腮胡男人说，你要用锥子戳谁的头，血溅到墙上就是那样子，用皮带头抡也差不多，我一看就知道了，这儿肯定押过人。

　　那不可能，这是旅社。父亲说。

　　旅社怎么就不能押人？络腮胡男人在蚊帐里再次发出了轻蔑的笑声，他说，你好像什么都没见过，我们单位的澡堂都押过人，那血可不是在墙上，是在天花板上，天花板上呀，你知道人血怎么能溅到天花板上？你没亲眼见过，让你猜也猜不出来。

　　别说了，我带着孩子。我父亲堵住那男人的话茬说，我带着孩子，孩子胆小。

　　那男人后来就不再说了。灯熄灭了，旅社的房间也突然陷入一片黑暗之中，包括墙上的那摊血迹也被黑暗湮没了。除了一种模糊微白的反光，我看不见旅社墙面上的任何东西。我听见对面床上的男人打起了浊重的鼾声，后来我父亲也开始打鼾了。

　　孩子们胆小，那天夜里我一直抓着父亲的一条胳膊，我想象着旅社里曾经发生的这件事情，想象那个流血的人和手拿锥子或者皮带头的人，一时无法入眠，我记得我清晰地听见了上海午夜的钟声，我想那一定就是著名的海关大楼的钟声。

第二天上海没有阳光，天色始终像灰铁皮似的盖在高楼与电线杆的上端，我父亲捧着一张纸条，带着我在一家巨大的商场内穿梭，纸条上列着毛线、床单、皮鞋尺码之类的货品清单，那是邻居们委托父亲购买的。在那座明显留有殖民地气味的建筑物里，人比货品更为丰富芜杂。在皮鞋柜台那里，我差点与父亲失散，我走到文具柜台前，误以为柜台里的一盒回形针是扑克牌。当我沮丧地坐回到试鞋的长椅上，突然发现坐在旁边的不是我父亲，是一个穿着蓝呢子中山装的陌生人。

后来我张着嘴站在椅子上哇哇大哭，我父亲慌慌张张地跑过来，扔下手里的东西就在我屁股上打了两下，他说，让你别乱跑，你偏要乱跑，告诉过你多少遍，这是上海，走丢了没地方找你。我说我没有乱跑，我去找扑克牌了。我父亲没再责备我，他拉着我的手默然地往外面走，上海也没有扑克牌，父亲像是自言自语地说，或许小地方小县城还有扑克牌卖，等我去江西出差时给你看看吧。

大概为了抚慰我，父亲决定带我去黄浦江边看船。我们走到江边时空中已是雨雪霏霏，外滩一带行人寥落。我们沿着江边的铁栏杆走，我第一次看见了融入海洋的江水，江水是灰黄色的漾着油脂的，完全违背了我的想象。我还看见了许多江鸥，它们有着修长而轻捷的翅膀，啼叫声也比香椿树街檐前树上的麻雀响亮一百倍，当然最让我神思飞扬的是那些船舶，那些泊岸的和正在江中行驶的船舶，那些桅杆、舷窗、烟囱、锚柱以及在风中猎猎作响的彩旗，我认为它们与我在图画本上描绘的轮船如出一辙。

雨和雪后来一直飘飘洒洒地落在上海的街道上，直到我和父亲登上那列短途火车的车厢。我的上海之旅结束得如此仓促，再加上恶劣的天气使午后的时间提前进入黑暗，我印象中的回程火车是灰暗而寒冷的。

车厢里几乎是空荡荡的，每一张木制座椅都透出一股凉意。我们原来坐在车厢中部，但那儿的窗玻璃被打碎了，因此父亲领着我走到了车厢尾部，那儿临近厕所，隐约地会飘来一股尿味，但毕竟暖和多了。我记得父亲脱下他的蓝呢子中山装裹在我身上时我问过他，这火车没有人？就我们两个人？父亲说，今天天气不好，又是慢车，坐这车的人肯定就少了。

火车快要启动的时候突然来了四个人，他们挟着车窗外的寒气闯进那节车厢，四个男人，三个年轻的都穿着军用棉大衣，只有那个年长的戴口罩的人穿着与我父亲相仿的蓝呢子中山装，他们一进来我就知道外面的雪下大了，我看见那些人的帽子和肩头落满了大片的雪花。

我想说的就是那四个匆匆而来的旅客，主要是那个戴口罩的老人，让我奇怪的是他始终被另外三个人架着挤着，他们走过我们身边，选择了车厢中部我们原先坐过的座位，他们好像不怕那儿的冷风。我看见那个老人坐在两个同伴中间，他朝我们这里转过头来，但那个动作未能完成，那个花白脑袋好像被什么牵拉着，又转了回去。隔着座椅，我看见的是几个僵硬的背部，有一个人摘下头上的帽子拍了拍雪，仅此而已，我没有听见他们说过一句话。

他们是什么人？我问父亲。

不知道。我父亲也一直冷眼旁观着，但他不允许我站起来朝那群人张望，他说，你给我坐着，不许走过去，也不许朝他们东张西望。

火车在一九六九年的风雪中驶过原野，窗外仍然是阴沉沉的暗如夜色，冬天闲置的农田里已经蒙上了一层薄薄的雪衣。父亲让我看窗外的雪景，我就看着窗外，但我突然听见车厢中部响起了什么声音，是那四个人站了起来，三个穿棉大衣的人推挤着戴口罩的老人穿过走道，朝我们这里走来。我很快发现他们是要去厕所，让我惊愕的还是戴口罩的老人，他仍然被架着推挤着，他的目光从同伴的肩上挤出来，盯着我和父亲，我清晰地看见他的眼泪，那个戴口罩的老人满眼是泪！

虽然我父亲用力把我往车窗那侧拉拽，我还是看到了三个人一齐挤进厕所的情景，其中包括戴口罩的老人。另外一个年轻人站在门外，他比我哥哥也大不了多少，但他向我投来的冷冷一瞥使我吓了一跳，我缩回了脑袋，轻声对我父亲说，他们进厕所了。

他们进厕所了，进去的是三个人，但那个戴口罩的老人没有出来，出来的是两个年轻人，我听见那三个穿棉大衣的人站在车厢连接处耳语着什么，我忍不住悄悄歪过脑袋，看见的是那三个穿棉大衣的人，其中一个正把大衣领子竖起来护住耳朵。我看见的是那三个穿棉大衣的人，他们推开另一节车厢的门，消失在我的视线里。

我不知道戴口罩的老人怎么样了，我很想去厕所看一眼，但我父亲不准我动弹，他说，你给我坐着，不许走过去。我觉得父亲的神态和声音都显得很紧张。不知过了多久，列车员领着一群带着锣鼓铜钹的文艺宣传队员走进我们这节车厢，我父亲终于把一直抓着我的手松开，他舒了一口气说，你要上厕所？我带你去吧。

厕所的门虚掩着，推开门时一阵狂风让我打了个哆嗦，我一眼发现厕所的小窗敞开着，风与雪一起灌了进来，厕所里没有人，那个戴口罩的老人不见了。

那个老人不见了。我大叫起来，他怎么不见了？

谁不见了？父亲躲避着我的眼睛说，他们到另外一节车厢去了。

那个老人不见了，他在厕所里。我仍然大叫着，他怎么会不见了？

他到另外一节车厢去了，你不是要撒尿吗？我父亲望着窗外的风雪说，这儿多冷，你快点尿吧。

我想撒尿，但我突然看见厕所潮腻的地上有一张扑克牌，说出来你简直无法相信，那正是一张红桃Q，我一眼就看见那是红桃Q，是我丢失了而又找不回来的红桃Q。你完全可以想到我的举动，我弯腰捡起了那张扑克牌，准确地说是抢起了那张扑克牌，我抹去了扑克牌上的泥雪，向我父亲挥着它，红桃Q，正好是一张红桃Q！我记得我父亲当时急遽变化的表情，错愕，迷惑，震惊，恐惧，最后是满脸恐惧，最后我父亲满脸恐惧地抢过那张红桃Q，一扬手扔到窗外，嘴里紊乱地叫喊着，快扔掉，别拿着它，血，牌上有血！

我敢打赌那张扑克牌上没有一滴血迹，但我父亲那么说似乎并非谵妄之言。一九六九年的上海之旅在我的记忆中有一个神秘的句号。关于那个戴口罩的老人，关于那张红桃Q。整个童年时代我父亲始终拒绝与我谈论火车上的那件事情，因此我一直以为那个戴口罩的老人是个哑巴，直到前几年我已能与父亲随便地谈论所有陈年往事时，他才纠正了我记忆中错误的这一部分，你那时候还小，你看不出来，父亲说，他不是哑巴，肯定不是哑巴，你没注意他的口罩在动，他的舌头，他的舌头被，被他们，被……

我父亲没有说下去，他说不下去，他的眼睛里一下子沁满了泪，而我也不需要再说什么了，其实我也不喜欢多谈这件事情，多年来我常常想起火车上那个老人的泪水，想起他的泪水我心里就非常难受。

无论如何红桃Q仅仅是一张扑克牌而已。现在我仍然喜欢与朋友一起玩扑克，每次抓到红桃Q时我总觉得那张牌有某种异常的分量，不管是否适合牌理，那张牌我从不轻易出手，我也不知道为什么，我习惯把那张牌留到最后。

（1996年）

新天仙配

董永站在父母的坟冢前,他是来哭坟的,但是董永站在那儿,从曙色熹微的黎明一直站到太阳初升,他的眼泪始终流不出来。流不出眼泪也就哭不出声音,董永堂堂男儿郎,他是绝不会像村里的那些妇人那样,一边朝官道上的行人左顾右盼,一边扯着嗓子在亲人们的坟上哭号的。

董永弯腰拔掉了父母坟上的几株杂草,点燃了一堆纸钱,他看见风把坟前的白幡吹得噼啪作响,纸钱燃起的火苗也随风势左右倒伏,清明时节风露寒冽,董永忽然想到父母的亡灵会不会觉得冷,他记得母亲临死时身上穿的寒衣千疮百孔,露出的棉絮是乌黑干硬的,董永想到自己做了多年的游乡货郎,手里不知卖掉了多少棉花和布匹,却未曾想到给母亲置一件新衣,董永心里一阵酸楚,一滴眼泪就挂在了他的年轻的脸颊上。

但是董永仍然哭不出来,他想也不一定非要哭出来的,孝悌之事不在于眼泪,董永这么想着就拍却了身上的尘土,朝老榆树下走去,他的货郎担就放在老榆树底下。

董永发现老榆树底下的一圈黄土湿漉漉的，像是刚刚下过了雨，他货郎担上的青布和花边都沾上了亮晶晶的水珠，好大的露水！董永抬头看了看早晨的天空感慨道。他随手提起了货郎担，突然觉得它一头沉一头轻，董永回头一看吓了一跳，一个女子神不知鬼不觉地坐在他的货郎担上。

董永目瞪口呆，他看见一个沉鱼落雁之貌的女子，身着白袄红裙，浑身湿漉漉地坐在他的货郎担上，这个女子他从未见过，但董永分明看见她以长袖掩面，遮住了一个妩媚魅人的笑容。

小姐，你从哪儿来？董永结结巴巴地问。

女子粲然一笑，她的目光缠绵地绕着董永，但仅仅是一会儿，她便羞涩地背过脸去，女子说，董永，你猜猜吧。

你认识我？董永说，你是庆州城里的人吧，要不你就是赵集赵大人家的小姐？可我没去过赵大人家，赵家门口的狗见到货郎就咬呀。

女子仍然背转着身，她的长长的锦袖却抛过来，轻轻打到董永的肩上，她说，董永，就是让你猜到天黑你也猜不出来，不如我告诉你吧，我从那儿来。

董永看见女子的纤纤素指指着天空，董永就抬头朝天空看，他说，那是天，那是太阳，那儿可没有村庄人烟呀，我看你浑身湿漉漉的，倒像是从水塘里爬上来的。

女子幽幽地发出一声叹息，董永呀董永，你忘了小时候听过的故事了，王母娘娘的天宫里不是有七个仙女吗？我就是七

新天仙配

仙女呀。你小时候不是常对你母亲说,你长大了要娶七仙女吗,我就是七仙女呀。

董永木然地面对女子俏丽的背影,他一时说不出话来,但他的脸开始涨红了,他的心开始怦然狂跳,董永朝四周张望了一下,坟地四周清寂无人,太阳才刚刚升到老榆树顶上,清明上坟的人群还没出村呢,董永壮着胆子趋前一步,他先是偷偷地在女子的袖沿上摸了一下,凭借他对丝帛棉布的经验,他判断那是真实的织锦,然后他更大胆地摸了摸女子的手,那只小手是滑润而温热的,意外的惊喜使董永大口大口地喘着粗气。

七仙女后来告诉董永,所有下凡的仙女都是浑身湿漉漉的,因为从天宫到尘世路途迢迢,其间要穿越无边无际的霜露云水。

董永跑到他叔叔的铁匠铺子去禀报他的婚事,董永说,我娶了亲啦。他一连说了三遍,叔叔还是没听清,他正忙于给一只犁头淬火。叔叔说,你饿了?锅里还有一块红薯,自己去拿吧。董永便跑去凑近他叔叔的耳朵又叫喊了一遍,我娶了亲啦!

董永的叫声终于使铁匠铺里杂乱的叮当声沉寂下来,叔叔家的人都放下手里的活计看着他,叔叔说,你娶亲?你没在说胡话吧?我知道你到了娶亲成家的年龄了,可是我们家老大都快二十三了,还打着光棍呢,娶亲娶亲得娶个女子,又不能娶个母羊母猪回来,董家穷出了名,哪个女子肯嫁到董家来呢?

董永说，已经来了，她昨天夜里就在我屋里了。

叔叔说，是你在路上捡的女子？该不是朝廷追缉的女犯人吧，要不是个半死不活的逃荒妇？

董永摇了摇头，大声说，不是，不是，她比天上的仙女还要美丽还要干净，不，她本来就是天上的仙女呀。

叔叔走过来摸了摸董永的额头，不烫，他又把手按在董永的手脉上，他说，还在跳呢。叔叔最后翻开董永的眼皮查了查他的瞳孔，又说，还亮着嘛。

董永生气地推开了他叔叔的手，说，你们爱信不信，我要回家了，七仙女还等我回去吃饭呢。

董永刚刚回到他的茅屋，叔叔一家人和村里的乡亲都跟来了，茅屋的残扉陋窗被许多手推开，许多脑袋急切地探进来，他们果然看见了坐在灶前吹火的那个女子，一个像仙女一样美丽干净的女子。有的人不敢相信自己的眼睛，他们的嘴里发出啧啧之声，两只手却不停地揉搓自己的眼睛，只有一个孩子指着吹火的七仙女尖声叫道，她是仙女！

七仙女在众目睽睽之下吹炉膛里的火，她吹火的样子酷似一个农妇，但她美丽的容颜和清澈的眼神遮掩不住天界的气息。窗外的农人们被这种气息阻挡了鲁莽的脚步，他们进不了董永的茅屋，他们看见七仙女从铁锅里端出了一屉热气腾腾的雪白的馒头，要知道董庄的农人从小到大见不了几次这么白的馒头，不仅是孩子，几个老人也立刻流下了口水。

七仙女把那屉馒头交给董永，她说，端给乡亲们吃吧。

新天仙配　61

不，董永说，给他们吃了我们就没有了。

给他们吃了我们还有。七仙女说，听我的话，端给他们吧。

董永很不情愿地把一屉馒头放到了门外，顺手又抓回了几个，董永说，你们吃吧，不怕撑着你们就吃吧。

没有人被董永的威胁吓倒，农人们很快将那些馒头一抢而空，好几个人被噎着了，他们的喉咙里发出咯嗒咯嗒的响声。七仙女倚门而立，门外的那种声音使她神色悲凄，两行珠泪悄然流下。董永上前扶住七仙女，他以为七仙女在生谁的气，他不知道七仙女心中充满了仙子们对凡人的悲悯之情，七仙女握住董永的手，把她的泪水留在董永的指缝间，她幽幽地叹息了一声说，这么多年了，地上的人们还在受苦。

农人们饱食了一顿后才想起他们还没有闹董永的洞房，那天夜里他们卷土重来，企图按传统的习俗让七仙女穿越男人们的裤裆，但董永手执一根打狗棍挡在茅屋的门口，朝众人怒目相向，董永的叔叔说，你怎么这样小气？虽说你媳妇是个仙女，但她既嫁了你就是董家的人，就该按我们的风俗钻裤裆呀。董永说，不钻就是不钻，她是七仙女，怎么能让她钻你们的臭裤裆？你们谁敢来闹，谁闹我就打断他的狗腿。

农人们开始责骂董永数典忘祖，捡了个女子就忘了祖宗，董永仍然手执打狗棍不为所动，农人们最后只得讪讪离去，只有董永的婶婶被允许进入茅屋，婶婶在床上洒了几颗花生，又在溺桶里扔下一颗鸡蛋，七仙女躲在屋角好奇地看着她，婶婶又走近七仙女一边嬉笑一边喳喳地说了些话,七仙女听不懂她话里的意思,她只觉得婶婶嘴里有一股很难闻的污泥味。

等到人走光了,董永和七仙女在油灯下偎依在一起,七仙女伸手摸到了床上的那些花生,她数了数,一共有九颗花生。

七仙女问董永,为什么要放下九颗花生?

董永说,那是让你多生孩子的意思。

七仙女又问,那鸡蛋扔在溺桶里是什么意思呢?

董永说,也是那个意思,让你早生孩子。

七仙女羞得捂住了脸,她让董永吹灭油灯,董永就把油灯吹灭了。油灯灭了,七仙女在黑暗中说,董永呀,你们人间的事好奇怪。

自从娶了七仙女以后董永就不做游乡货郎了。董永其实是喜欢他的货郎担的,但七仙女不能忍受与董永的别离,即便是从太阳升起到太阳落山的短短一天。七仙女对董永说,董永呀,我在天上看人间都是男耕女织,为什么你不去耕田呢?董永说,我不会耕田,我只会卖货。七仙女说,董永呀,你从小聪慧灵秀,耕田之事肯定一学就会了。董永说,可是我要是去耕田,你还是一个人在家呀。七仙女莞尔一笑说,那我们就没有别离了。我把纺车搬到田边,我一边纺线一边看你耕地。董永的心被七仙女说得暖洋洋的,他说,那我就去耕地吧。后来董永的货郎担子就搁在柴堆上了。董永每天背负着沉重的农具去田里耕作,他不知道自己犁开的地能不能让庄稼扎下根,他不知道自己播下的种子能不能长出果实，但是董永总能在回首之间看见七仙女坐在纺车前，七仙女注视他的眼神柔情似水。董永就想，即使种不出庄稼又有什么可怕的？她已经织了三匹布了，即便她织的布换不了几升米又有什么可怕的，她是七仙女，她是一个仙女呀。

夏天到了，董永种下的庄稼绿油油的，七仙女织的布也已经堆成了小山，有一天夫妻俩在水塘里沐浴，董永突然想起什么，他问七仙女，娘子呀，你原先好好地在天上，为什么下凡人间来跟我过这种苦日子呢？七仙女说，你忘了清明的事了？你站在你父母的坟前，想哭却哭不出来，我不知怎么就替你哭了，我一哭人就往下沉，不知怎么就跟住你了。董永又问，娘子呀，你是下凡的仙女，下凡的仙女还能回到天上去吗？七仙女笑而不答，过了好久，她抬头看了看夏天夜晚的天空，董永你知道吗，天是九重天，你不知道天有多高有多远，七仙女说，下凡不容易，回去更不容易呀。要想回去就要走上九百九十九年。

董永相信七仙女的话，七仙女是不会骗人的，但董永不相信会有那么一天，他想七仙女与自己如此恩爱，她怎么舍得离开他呢？

秋天到了，董永的庄稼获得了意想不到的好收成，收割的时候他请来叔叔一家帮忙，叔叔捏了捏董永的玉米，又把董永的稻穗放到嘴里品尝着，满怀醋意地说，你又不会种地，庄稼怎么会长得这么好？别是让七仙女施了妖法吧？董永说，她是下凡的仙女，又不是妖魔，哪来什么妖法？他们收割的时候七仙女来了，七仙女给他们送来了一罐菜汤和一篮馒头，她像一个标准的农妇似的，放下男人们的午饭就转身离去，男人们都盯着她的背影看，他们从来没有把七仙女当成一个农妇，她走起路来像风拂杨柳，她的裙裾在泥浆粪土中拖曳而过，裙裾上却总是一尘不染。

是董永的叔叔首先提出了那个致命的疑问，他把董永拉到一旁说，她的腰肢比蛇还细，她的肚子又扁又平，别家的新娘早就腆起了肚子，你的七仙女，就怕她是不下蛋的母鸡呀！

董永嘴上没说什么，但心倏地往下沉去。那天夜里董永的床笫之欲便像洪水猛兽，七仙女察觉出董永的异常，她说，董永呀，我们是要白头偕老的夫妻，不是路边野地里的苟合鸳鸯，我们不该这样，天亮了你得下地我得织布。董永说，娘子别怨我，我是着急呀。七仙女说，着急什么呢？董永就搬出了他叔叔的话，别家的新娘早腆起了肚子，娘子你为什么——董永突然顿住，他坐起来在朦胧的月光下俯视七仙女的脸，董永说，娘子你告诉我，下凡的仙女会不会生养？

七仙女先是扑哧一笑，但她很快发现董永的手在颤抖，董永的心在狂跳，七仙女明亮而妩媚的眼神一下子黯淡下去了，她翻过身子避开董永焦灼的目光说，董永呀，为什么你一定要让我生养？

董永说，那还用问？传宗接代嘛。

七仙女说，为什么要传宗接代？

董永说,那还用问?不孝有三,无后为大。

七仙女又问,为什么会有这种说法呢?

董永想了想说,娘子你怎么什么都不懂?你想想,假如我膝下无嗣无丁,等我死了谁来给我上坟烧纸?谁来续我的家谱?假如我无儿无女,这茅屋日后就没人来住,我辛辛苦苦耕好的田地也会变成荒地呀。娘子你告诉我,董永说着突然把七仙女拉起来,逼视着她的眼睛喊道,娘子,你到底会不会生养?

七仙女的眼睛里已经噙满了泪,月光浮动在七仙女美丽的脸上,遮不住她的幽怨和悲伤,七仙女呜咽着问,董永呀,倘若我不会生养,你怎样对我?

董永犹豫了一会儿说,我不知道。

七仙女在昏冥的月光下凝视着董永,过了好久,七仙女的眼泪干了,她为赤身裸体的董永披上一件衣裳,她说,董永呀董永,我对你一见倾心,我怎么就忘了,你毕竟是人间的俗人呀。

但董永没有听见,董永已经呼呼地睡着了。

那天夜里七仙女彻夜未眠,她枯坐床边守着睡梦中的董永,直到黎明鸡啼时分。黎明鸡啼时分七仙女从水瓮中舀起一勺水,开始了简陋的梳妆,七仙女从水瓢中看见自己的脸,一夜之间桃红凋谢,平添了许多憔悴。在黎明的鸡啼声中七仙女坐到织机旁,织完了最后一匹布,织机的响声充满了离情别意,但它并未把熟睡的董永惊醒,于是七仙女最后又回到床边坐着，七仙女不忍打断董永的好梦，但她必须听到董永最后的回答。

董永，快醒醒吧，七仙女用一片树叶在董永的额头上挤出几滴清凉的汁液，她说，现在你不醒以后就见不到我了，我要跟你说几句话。

董永在睡梦中抬手拍了拍额上的树叶，董永在睡梦中说，都快入冬了，怎么还有蚊子？

董永呀，快醒醒。七仙女轻轻地捏着董永的耳垂，她说，你睡得这么沉，我告诉你一句话，仙女不能生养，生养了仙女就成了俗妇。

董永迷迷糊糊地坐起来，他说，什么仙女？什么俗妇？我要的是子孙香火。

可我要做仙女，七仙女抱住了董永的头，贴着董永的耳朵说，你要什么都行，可我就是不能为你生养，我不想变成俗妇呀！

我要子孙香火。董永半梦半醒地说，说完他的头从七仙女的怀里滑落，又沉沉地睡去了。对于日出而作日落而归的农人来说，黎明时分他们总是睡意正酣，董永对七仙女离去前的那番话语其实记得并不真切，只是觉得睡梦中有一种深深的凉意，好像是漂浮在一片大水之上。他记得他如同往日握住了一只温暖柔软的手，早晨醒来后却发现那不是七仙女的手，那是七仙女遗留的一只织梭。

董庄的人们对于他们身边的天仙之配一向是茫然观望的，但他们没想到七仙女来时匆匆去也匆匆，那天早晨村子里的人都听见了董永呼唤七仙女的声音，他们都猜到七仙女走了，几个老人用怜悯的目光看着奔走呼号的董永，摇着头说，我早知道会有这一天，仙女下凡了还是仙女，仙女总是靠不住的。

寻妻的董永一直寻到老榆树下，他看见老榆树的新叶上凝结着许多晶莹的露珠，树下的泥土湿漉漉的，七仙女的另一把织梭赫然在目，董永一下便瘫坐在地上，他知道七仙女从这里开始了返回天界的旅程，七仙女已经离去了。

董永后来一直坐在老榆树下哭泣，这么多年来董永第一次抹到了自己的眼泪，他想他不该这么哭，父母的坟茔就在不远的地方，他们听见自己的哭声一定会生气的，父母死时他很难受，但他流不出一滴泪，而现在他为了七仙女流了这么多泪，倘若被人看见，他是会被人戳脊梁骨的。后来董永止住了泪水，坐在树下发呆，董永的叔叔一家赶来了，叔叔绕着树走了一圈，这儿闻闻，那儿摸摸，她走了？也不道别就走了？叔叔朝着早晨的天空翻了个白眼，走就走吧，谁稀罕她？叔叔说，她不走我也要让你休了她，仙女有什么用？仙女不会生孩子，娶她有什么用？

董永没有听见别人的声音，他抬头仰望着早晨的天空，依稀听见七仙女的裙裾在风中拂动的声音，听见七仙女轻若柳絮的步履，董永突然想起七仙女说过的天界的秘密，天是九重天，下凡的仙女一旦想返回天界便要走上九百九十九年。九百九十九年，董永不禁倒吸了一口凉气，他脸色煞白，词不及意地对亲戚们说，九百九十九年，她要走上九百九十九年啊！

董永后来娶了邻村一个女子为妻，那个女子虽然容貌丑陋却极善生养，她在每年的秋收季节为董永产下一个婴儿，直到董永的茅屋人满为患。董永为了养家糊口，一生劳碌，四十岁上死于游乡卖货的途中，当时只有一个六岁的儿子陪在他身边。临终前董永躺在泥泞的官道上，用手指着秋天的天空，让儿子往天上看，儿子说，那是天，那是云，那是太阳，太阳快要落山了。董永摇了摇头，手指仍然指着天空，儿子就瞪大眼睛望着天空，儿子说，太阳快要落山了，别的什么也没有。董永把手指举得更高一些，现在看见了吗？董永最后说，看见七仙女了吗，她还在走，她要走上九百九十九年呢！

(1996 年)

狂奔

风吹起来的时候，房屋和大地一起在黑暗中漂浮。在很远的地方，也许就在榆睡的这间旧瓦房里，有一种看不见的物质在咯吱咯吱地响着。外面的风刮得太猛烈了，榆对此感到莫名的恐惧。他把印花土布制成的床帐掀开了一点，朝窗外眺望。窗外是蓝紫的天空和稀疏的几枝树影，一切都很安详。榆猜想在夜里发出声响的也许是一种巨兽，他不知道它叫什么，他即使睁大眼睛也看不见它隐藏的地方。榆不知道的事物太多了，他是一个乡村中少见的羸弱文静的孩子。自从患上了一种头疼病后，榆就没有离开过他家的院子，有时候榆坐在晒场的草垛上，看一群鸡啄食场上残留的稻谷，但这往往是早晨以后的事了。

早晨天色渐亮时，榆急匆匆地下床去撒尿，他经过奶奶的房间时把门推开，看见奶奶坐在便桶上，一只手伸到床底下抓草纸，另一只手捂着胸，她又在大声地咳嗽。奶奶好像已经这样咳嗽了一辈子了。榆冲着里面说，我去撒尿。他经过母亲房间时再次撞开门，母亲已经起床，她正对着墙上的镜子梳妆，那些很黑很亮的长发被绾起来挽成一个髻子，垂在母亲的头后面。榆说，我去撒尿，他飞快地跨上了门槛，朝外面霜迹斑驳的泥地上撒了一泡尿。榆在系裤子的时候看见村庄浑圆的轮廓一点点地发亮，慢慢地清晰了，放牛的人已经到达了池塘，从晒场那儿飘来了粮食的清香。

有时候榆坐在晒场的草垛上，看一群鸡啄食场上残留的稻谷。这是早晨以后的事了，下地的村里人都会看见榆一动不动端坐在草垛上，榆的手里捏着吃剩的半块干饼，干饼上栖息着一只或几只苍蝇。

榆，你的头疼病又犯了吗？

没有。榆说，我在吃干饼。

榆，你爹快回家了吗？

快了，等过年爹就回家了。

榆的身影在阳光下泛出和草垛一样的淡黄色。当他咽进最后那点干饼时，脑袋又嗡嗡地胀疼起来。榆爬下草垛，他听见母亲在门口高声喊着，榆，回家来吃药。榆跟跟跄跄地跑过晒场，这时他看见从公路上下来一个人。一个挎着帆布工具包的木匠。榆站住了朝那个人张望，他很像榆的父亲，这是因为走路的姿势和那些锯斧推刨墨斗的缘故，榆其实不认识他。那不是我爹，榆自言自语地说，他朝那个木匠的方向吐了一口唾沫，然后就一溜烟地跑回了家。

榆喝着又苦又涩的草药，这是母亲按照民间偏方去山上采集来的。采来的是草茎和草叶，它们被母亲堆在一只竹匾里放到太阳下曝晒，晒干后再切成粉木状装到篮子里。榆的母亲每天都要从篮子里抓一把草药熬汤给榆喝。榆害怕草药的苦味，他把药倒给院里的狗吃，狗摇了摇尾巴就走开了。榆想连狗都不肯吃这药，我为什么要吃呢？榆总是偷偷地把药泼在泔水桶里。他母亲发现后就坐在榆的对面，看着他把药喝光才离开。她说，榆，你要听话，有病就要吃药，你不吃药会死的。明白吗？死是那么可怕的事，难道你不怕死吗？

门口站着一个人。榆发现他就是从公路上下来的那个木匠。榆还发现母亲认识那个木匠，他们站在门边说了一会话，木匠就一步跨了进来，坐在凳子上讨水喝。榆看见他的工具包与爹的那只一样破旧不堪，里面露出推刨锋利的刀刃。

这是你表叔。母亲从水缸里舀了瓢水，一边抬头对榆说，他是你爹的好朋友，以前上我家干过活，你还记得他吗？

不。榆摇了摇头说，我什么都不记得。

你爹去东北做活，过年回不来了。母亲把一瓢水递给木匠，她的脸上露出一种罕见的笑容，她说，榆，你爹带钱回家了，他今年赚了很多钱。

榆皱着眉头喝完了草药，把药碗倒扣在桌上。他说，我喝完了。榆抬起头用一种疑惑的目光看着木匠和母亲，他们也正用同样的目光看着榆。木匠的脸上长满了疙瘩，还有一颗大黑痣。木匠突然对榆笑了笑，露出一口酱黄色的牙齿，他说，你过来，我给你糖吃。榆说，我不吃，我要出去了。榆朝门边走，他听见母亲用带有歉意的语调说，这孩子不懂事，脾气很怪，都是该死的头疼病害了他。

榆倚着墙偷听母亲与木匠的谈话，但是他们没再说什么，后来母亲领着木匠走进了奶奶的屋里。他们明显在商量一件什么事，榆仍然听不清他们在说什么，他隐约觉得这件事与他有关，他们到底想干什么？

姓王的木匠后来在榆的家里住下了。第二天木匠把榆的房门卸下来，铺到两张长凳上做了一张桌子。榆尖声对木匠喊，你要干什么？你跑到我家想干什么？木匠说，问你妈去。榆就跑到他母亲身边，他说，他卸了我的房门，他到底要干什么？母亲说，他要开始干活了，干木工活没有门板不行。榆说，我爹也是木匠，他为什么不来家干木工活？为什么要让那个人来呢？母亲有点不耐烦起来，她揉了榆一把，榆你的耳朵在哪里？对你说过多少遍，爹去很远的地方干活，今年不回家了。榆不再说话，过了一会他说，他要给我家打柜子吗？母亲说，打柜子有什么用？不是打柜子，是打棺材。榆的脸一下子变得苍白起来，他回头朝堂屋里的那摊工具看了看，榆拉住她母亲的胳膊，为什么打棺材？打了棺材给谁呢？母亲正在淘米，这一天她的情绪似乎很坏。榆看见母亲把竹箕啪地摔在地上，她说，你这烦人的孩子，我受不了。打棺材给谁？就给你睡。给你睡！

榆惊恐地看着竹箕里的米溅在水缸边。母亲怒气冲冲，她穿着花布夹衫和青卡其布长裤，衣袖和裤脚都挽着。她的脸色因为烦躁和愤怒变得很红，榆看见她的额角上沁满汗珠，隐约可见一些淡蓝色的血管像蚯蚓似的蠕动着。榆觉得一切都猝不及防，他嗫嚅着说，我做错了什么？我什么也没做错，我只是不喜欢那个木匠。

母亲后来弯下腰捧起了地上的米，继续用水漂洗着。母亲说，榆，我不是故意朝你发火，我是太累了。我不知道淘这些米够不够他吃，家里的米缸快空了，你爹却不回来。

木匠的推刨从早到晚嗞啦嗞啦地响着，地上堆满了木屑和那些一卷卷的刨花。木材的清香改变了空气霉味的成分，榆总是在睡梦中被木材的气味和声音惊醒。他的房门没有了，现在他躺在床上就可以看见堂屋的动静。木匠弯着腰，一次次地将某块木板推平，他的耳朵上夹着一枝红蓝双色笔。在旁边的桌上放着一瓶白酒，木匠经常停下手里的活，走过去喝一口酒。他喝酒的间歇家里恢复了宁静，榆听见奶奶的古老的咳嗽和吐痰的声音，母亲在院子里吁吁地喂鸡。

榆从地上捡起一条刨花，他用刀子在上面挖了两个洞，套在眼睛上。然后榆就坐在炉边，透过那两个洞审视着姓王的木匠。木匠在用力推平一块木板，他的动作机械而充满力度。

喂，你为什么要到我家来干活？榆说，为什么不到别家去呢？

木匠不说话，除了干活，他很少开口说话。

我家不要棺材，你为什么要到我家来打棺材呢？

木匠侧脸看了看榆，他的脸上没有任何表情。榆看见他的两根手指把一颗铁钉从木板上拔了起来,一扬手扔到地上。

你打好了也没有用的。榆对木匠说,我们家没人想睡棺材,除非你自己去睡。

榆听见木匠朗声笑起来,他直起身子绕着木板走了一圈,抬起脚把满地的木屑朝墙角踢。木匠摸了摸那块长方形的渐渐光滑的木板,他说,棺材打好了总会有人睡的,棺材是世上最好的木器,你长大以后会明白的。然后木匠突然坐到了木板上慢慢地躺下,木匠的身体横躺着显得无比巨大,他仍然微笑着对榆说,躺在棺板上面那么舒服,你长大以后就会明白的。

木匠跳下地的时候榆不由得后退了几步,木匠炯炯发亮的眼睛使榆感到恐惧。榆看见木匠朝他张开双臂,他说,孩子,我抱你上去,尝尝睡棺木的滋味,这是世上最好的床,比你的小床舒服多了。榆靠到墙上,他几乎是哭叫着喊,不,我不要。但木匠有力的双臂还是揽着了榆。榆感到他像一颗草籽般轻盈地落在那块棺板上,棺板冰凉冰凉的,松木的清香又浓又酽,紧接着是一种致命的晕眩,榆在棺板上昏厥过去。

榆在半小时后苏醒过来,他看见母亲和乡村医生,还有病重的祖母都围在床边。母亲的眼睛红得厉害,她好像一直在哭。祖母鸡爪似苍老的手重复地在榆的额角上抚摸着。乡村医生舒了口气说,现在没事了,他只是受了惊吓。

我不睡。别让我睡棺材。榆对他祖母说,他觉得自己非常虚弱,好像真的死了一回。

可怜的孩子,你怎么会睡棺材呢?祖母说,那是我的寿

狂奔 77

材，我老了，我快要进棺材了。

榆从床上坐起来，他看见姓王的木匠仍然在堂屋干活。木匠背对着他们，谁也看不见他的表情。榆的母亲说，王木匠怎么搞的，把孩子吓成这样，我不知道说什么才好。

别让我睡棺材。榆拉住他母亲说，我害怕，你答应我别让我睡棺材。

你看把孩子吓成这样。榆的母亲哽咽着说，榆，你别怕，你没听奶奶说，这是奶奶的寿材，你爹孝敬奶奶，特意请王叔叔来家打这副寿材。

可是我觉得我快死了。我的脑袋要炸开来了。榆抱着头痛苦地说。

这个秋天，榆不再独居一室，夜里他和奶奶一起睡觉。奶奶身上的那种苍老苦涩的气味伴随榆昏昏入睡。她的讨厌的咳嗽声从午夜一直持续到清晨。榆经常被突然惊醒，他看见奶奶的嘴微微张开，像一个黑洞，她的浑浊的眼睛在浅色月光下忽明忽暗。在外面的堂屋里，姓王的木匠打着响亮的呼噜，榆真想用一块破布把他的嘴堵上。他埋怨他们为什么不肯安安静静地睡一会，天快要亮了，天亮了就要起床了。

奇怪的就是这个秋天的夜晚。深夜时分榆看见奶奶扶着墙站在门边，她的老迈衰弱的身体东摇西晃的。榆跳下床去扶她，榆说，奶奶你要干什么？奶奶说，我解手，你别管我。榆迷迷糊糊地回到被窝里，他听见奶奶在黑暗中咬牙切齿地说，骚货，不要脸的骚货。榆不明白奶奶在骂谁，他心里说，谁是骚货？谁不好好睡觉谁就是骚货。

　　白木棺材很快就初具雏形了，它的一半躺在门板上，另一半倚在墙上。奶奶经常出来监督木匠，她用拐棍敲敲棺壁说，薄啦，但是我前世没修来福气，睡这口棺材也心满意足了。木匠从不解释什么，他只是用一种嘲弄的目光扫视着苍老的奶奶，他的眼睛里有无法掩饰的冷酷，这双眼睛也使榆感到深深的恐惧和悲哀。

　　榆后来的惊人之举就是针对姓王的木匠来的。榆无意中在仓库里发现了半瓶农药，瓶签上的红字和骷髅人头象征着死亡。榆想起村里每年都有人吞下这种农药而死去。榆浮想联翩，后来他就把半瓶农药倒在水杯里，悄悄地放在桌子上，他知道姓王的木匠已习惯于从桌上拿水喝。那是正午时分，木匠满头大汗拍接着两块棺板间的榫头。榆从外面的窗户里窥视着里面的动静，他看见木匠在擦汗，然后他的一只手伸到桌上抓过了那只水杯。榆的心狂跳着，他猛地蹲下来捂住了自己的眼睛。

　　姓王的木匠在屋里发出了一声狂叫，那只水杯从门里飞了出来摔在地上。榆拔腿就跑，他不敢回头望一眼，一直跑到乡村小学操场上。操场上没有人，只有几堆大草垛在微风中簌簌作响，榆发现草垛里有一个洞，他就钻了进去，又抓了几捆草挡住了洞口。一切都变得幽暗无边，隐隐地可以听见小学教室里的读书声，那是些无疾无灾的孩子，这个上午他们在读书，谁也不知道榆干了什么。

榆听见了小学下课的钟声，孩子们喧哗着奔出教室，经过操场和榆栖身的草垛。有个孩子扒开了洞口，他惊讶地喊起来，你躲在这里干什么？你在拉屎吗？榆用手挡住了脸，他呜咽着说，我头疼，我头疼得厉害。

傍晚时分榆爬出了草垛，他脸色苍白摇摇晃晃地走回家去。远远地能看见家里的烟囱冒着炊烟，母亲正在门前的菜地里起菜，好像什么事也没有发生过。榆走到家门口，母亲说，榆，你这一天跑哪里去了？榆站住了，伸出手指抠着门框上的油灰。母亲又说，看你失魂落魄的样子，谁欺负你了吗？榆摇了摇头，他说，我头疼，我头疼得厉害。

榆跨进家门时打了个冷战。姓王的木匠独自坐在桌前呷酒。木匠的目光刀刃般犀利地刺透榆的心。榆低着头，踢着地上的刨花。他听见木匠嘿嘿地笑了一声。木匠说，你回来啦？你妈找你半天了。榆说，找我干什么？木匠说，不干什么。我的活儿干完了，我明天要走了。榆抬起头看见白棺材竖在墙边，他从来没有这么近地面对一口棺材。新打的棺材表面光洁流畅，散发着一种树木的清香。

这口棺木打得好不好？木匠说。

我不知道。榆说。反正我不要睡棺木，再好也不要。

你是个聪明的孩子。木匠走过来，一只手搭在榆的肩上，另一只手在榆的脸上拧了一把，他说，这是我打过的最好的棺木，你们家总会有人睡上这口好棺木的。

第二天早晨姓王的木匠离开了村子。他没有把农药的事情透露出去，这让榆感到很意外，一种深深的迷茫笼罩着榆以后的生活，榆无法忽略姓王的木匠在家里留下的种种痕迹和阴影。

秋天和落叶一起渐渐随风而去。

巨大的棺木停在堂屋一侧，阳光透过窗棂照亮了棺木一角，另一半是不规则的阴影部分。这是在白天，到了夜里榆始终不敢正视那口棺木，他害怕它会突然打开盖板，把他关在里面。夜深时分榆依然听见家里有一种物质在咯吱咯吱地响着，他怀疑这声音来自棺木内部，一个最秘密最黑暗的地方。

母亲说奶奶的病一天比一天重了，恐怕活不过这个秋天了。奶奶自己也这样说过。秋天已经过去，奶奶却依然无恙。她穿上了棉袄，怀里揣一个小暖炉坐在床上，一声声地咳嗽，奶奶的脾气也变得古怪难测，她经常坐在床上，朗声咒骂榆的母亲。榆不知道这是为什么，他看见母亲的眼里常常噙着泪。榆也不知道奶奶会不会死，他不想奶奶死，但是一旦奶奶死了就会睡进那口棺木，而棺木也将被抬出堂屋，埋到河边的墓地里去，这是榆希望的事。

榆夜里不敢和奶奶一起睡了，他开始搬到母亲的房间过夜。这使榆的睡眠变得香甜而沉稳。榆曾经看见母亲朝肚子上贴伤膏药，贴了很多。榆说，为什么贴那么多膏药，母亲回答说，我肚子疼，贴了膏药就不疼了。这是很久以后榆回忆起来的一个细节，它对榆最终弄清母亲的死因有所帮助。

一个寒风凛冽的早晨，榆在仓库里发现母亲仰卧在地上，那瓶被榆用过的农药瓶倒在她的身边。榆闻见了一种强烈呛人的气味，它由农药和伤膏药的气味混合而成，榆几乎窒息，他挣扎着去拉母亲的手，那只手冰凉冰凉的，已经僵硬了。

榆的母亲在家中停灵三天。前来守灵的村里人交头接耳窃窃私语，他们问榆许多莫名其妙的事，其中多次提到那个姓王的木匠。榆只是哭泣着说，我不知道，我不知道，我以为奶奶快死了，我不知道妈妈为什么会死。村里人说，孩子还不懂事，他奶奶不说，谁还说得清呢？

榆的父亲没有回家奔丧，谁都知道他也是一个游村走街的木匠，没有人知道他在什么地方。

第四天榆的母亲被装进了棺木。棺木是原色的，还没有油漆，因为一切都猝不及防。死是一件意料不到的事。榆跟着四个抬棺的汉子朝河边走，那是清晨霜降的时候，雪白的霜无声地落在棺木上，落在送葬者的头顶上，原野和树木也弥漫凝霜，乡村的景色一如既往地肃穆恬淡，适宜于任何一种出殡的形式。

在离墓地几步之遥的公路上，榆突然站住了。榆的目光落在公路前方，那里出现了一个肩挎工具的木匠，送葬的人们也站住了朝那儿张望。有人说，会不会是榆的父亲？他们很快发现那不是榆的父亲，公路上游村走街的匠人是很多的，这天早晨出现的是又一个陌生的木匠。

(1991年)

稻草人

没有一只鸟。

七月的棉花地很干燥，在一些茂密的叶子和棉铃下面，土地呈现龟裂散乱的曲线。沉寂的午后，阳光烤热了整个河岸，远处的村庄，远处那些低矮密集的房子发出烙铁般微红的颜色。这是七月的一种风景。

人物是三个男孩，他们都是从村里慢慢走过来的。三个男孩年龄相仿，十四五岁的样子，有着类似的乌黑粗糙的皮肤，上身赤裸，只穿一条洗旧了的花布短裤。在到达河岸之前，他们分别从西南和东南方向穿越了棉花地，使棉花叶子发出了经久不息的摩擦声。

荣牵着他家的山羊来到河边。荣的背上驮着一只草筐，里面是满满的带着暖意的羊草。起初荣并没有想到河边来，他还没有吃午饭，肚子很饿，但是他的羊一边沿路吃草，一边往河边走。荣就宽容地跟着羊，他想这是因为河岸上水草茂盛的缘故，羊总是喜欢朝那边走。荣从八岁起饲养这只山羊，到现在已有好多年了。羊的年龄比荣小，但是看上去它很苍老了。曾经雪白的毛皮现在灰蒙蒙的，有一种憔悴不堪的气色。

环绕村庄的河流迟滞地流着，在炎热的空气里河水冒出若有若无的凉气。一棵柽柳的枝干朝河面俯冲，许多柳叶浸泡在河水中，一只鹅可能离群了，在水上慌乱地游着，它的叫声显得异常焦虑。

荣坐在岸上，他觉得阳光刺眼，随便从地上捡了一张废报纸盖住头顶。没多久他又把报纸拿下来了，他发现报纸上有一摊暗红色的血印，很脏，而且被什么人揉成一团又重新展开了，荣不知道那上面的血是谁留下来的，他皱了皱眉头，慢慢地把报纸撕碎，撕成很小很细的条状，用唾沫粘在下巴颏上，忽然又感觉到那血的存在，于是扯下那些碎纸条，重新再撕碎，直到它们变成一些淡黄色的碎屑。荣站起来，把旧报纸残屑扔进了河里，他看着它们在水上漂流，像光斑那样闪闪烁烁的。

后面就是棉花地。棉花地里站立着一个造型简单的稻草人，一根杂树棍子，顶着一顶破草帽，而稻草人的手是由两片金属齿轮仿制的，两片齿轮随随便便地挂在树棍上使稻草人的形象显得古怪而又虚假。

荣不知道那个稻草人是什么时候竖起来的，他以前从来没有在棉花地里竖过稻草人，况且现在没有鸟，好久没看见天上的鸟群了。荣眯起眼睛走过去，他首先端详了一下稻草人，他觉得它很像人，但又很不像人。荣拍了拍它的身体，纹丝不动，树棍扎得很深。荣摘下了稻草人的草帽，戴到自己头上。

在烈日下一顶草帽的作用远胜于那种肮脏的旧报纸。实际上荣就是朝那顶破草帽走过来的。他站在棉花地里面对着唯一的稻草人，感觉到坚硬的阳光在破草帽帽檐上噼啪作响。荣很快地看见了那两片齿轮，齿轮有点生锈了，边缘可见明显的磨损，但它们对于荣来说是一种新奇的物质。荣动手去摘齿轮。费了很大的劲也没有摘下来，他觉得奇怪，它们看上去是那么随便地挂在树棍上。荣咬着嘴唇研究了几秒钟，他发现齿轮孔正好紧紧扣住树棍，也就是说齿轮和树棍的直径同等，配合得天衣无缝。荣是个聪明的男孩，他想他要取到这两个齿轮只有从根本上着手，他必须把稻草人从棉花地里拔出来。

荣拖着树棍走出棉花地，听见两片齿轮与石砾砖块碰撞时的清脆响声，当他猛然回头时，发现齿轮终于脱离了树棍的束缚，它们在滚动了一小段距离后停住，落在河岸边。荣拖着杂木树棍追赶齿轮，追到那里他就扬手把树棍扔到河里，这时候荣已经不需要那根树棍了。

后来荣就蹲在河边清洗那两片齿轮，他模仿村里人磨刀的方式，用一块石砾砖在齿轮的锈斑上打磨，很快地齿轮就闪出了上等金属的光泽，被太阳光一照，显出原有的冷静而优美的面貌。

山羊在草地上吃草，荣在河边清洗齿轮，他们之间暂时中断了联系。

轩和土兄弟两个在河的下游。轩坐在一条长满青苔的舢板上，土在水里游到对岸，又从对岸游回来。鹅从上游仓皇地游来，柔软的羽毛掠过土光裸的身体，土去抓那只鹅，没有抓住，这时候他看见那根树棍也浮过来，还有一些淡黄色的碎纸屑，它们浮游的速度很快，土拼命地追赶，抓住了那根树棍，然后他举着它踩水，爬到舢板上去。

一根树棍。土说，他抓着树棍朝空中甩，甩下许多水珠来。

你捞树棍干什么？轩说，把它扔掉，扔回河里去。

不，我要它。你说是谁把它扔到河里的？

是风，风把它从树上吹断了。

不是，昨天没有风，天气这么闷热，好久没有风了。

把它扔掉吧，我们该回家了。

我要留着它，会有用的。风怎么会把树棍刮到河里呢？

那么你说是怎么回事？

杀人犯。

什么？

我说杀人犯。去年夏天棉花地里有个杀人犯，他把一个女人杀了，他用树棍敲她的头顶，然后就把树棍扔到河里去了。后来我见到了那根树棍。

你听谁说的？我怎么不知道这事？

他还用一张报纸把地上的血擦掉。然后把报纸撕碎，扔到河里。土加重了语气说。后来那些碎报纸我也见到了。

轩从舢板上跳起来，疑惑地看着土。土紧紧地攥住那根树棍,凝视着流动的河水,土说,你看见河上的碎纸屑了吗?快看,马上就要漂走了。轩顺着土的视线朝远望,他看见那些碎纸屑随波逐流,在河上闪烁最后的微光。

轩和土把舢板系在木桩上,上了岸,他们一前一后穿过棉花地,朝上游走去,在七月寂静的午后,棉花叶子重新发出咔嚓声。

三个男孩相遇的时间是午后一点左右,也可能更早一些,地点是确凿无疑的:在河边的棉花地里。事后人们发现那里的棉花倒伏了一大片,稍远的地方,在肥沃的水草上面还有许多山羊的粪便。

这时候远处的村庄上空炊烟缭绕。午后一点是农人吃午饭的时刻。

荣看见轩和土兄弟俩朝他走过来。他们的身上湿漉漉的,轩走在前面,土在后面,土的手里提着一根树棍。他们走过来时山羊哞哞地叫了几声。即使山羊不叫,荣也知道他们来了。他早就听见了棉花叶子响了,而且他猜到了是轩和土,每逢夏天,轩和土就泡在河里,兄弟俩特别怕热。

你看见一个陌生人走过吗?轩说。

没有,没有陌生人走过。荣说。

你来的时候有没有一个女人在棉花地里?

没有,就我一个人在这里。还有羊,它在吃草。

轩看了看土,土站在河边,他注意地看着四周的动静,摇了摇头。他用那根树棍敲着地，慢慢地朝荣走过来。

你撒谎，你肯定看见他们了。

看见什么？

一个陌生人，还有一个女人。

我没看见，根本没有陌生人，也没有女人来过。到底出什么事了？

有人被杀了。土说，就是刚才，就在棉花地里，你怎么会没看见？

你别胡说八道了，我一直在这里，还有山羊。根本就没有杀人的事情。

你还在撒谎。土朝荣扬了扬那根树棍，你看这是什么？

树棍。这是一根树棍。

不，这是凶器。陌生人用它把女人打死，然后把它扔进河里。你看见他朝河里扔这根树棍了吗？

没看见。

那么你看见他朝河里扔碎纸屑了吗？他用报纸擦血，然后撕碎扔进河里。你看见了吗？

也没看见。我什么也没看见。

土看着荣的脸，叹了口气。他背转身用树棍拨弄着近处的棉花叶子，茂盛的棉花叶子被打开了一个缺口，里面很绿很深，望不到尽头。土发现了一个小小的土坑。有碗口那么大，四周的泥土好像被松动过。他注意到荣的眼神里闪过一丝慌乱。

这么说，树棍是你扔到河里去的？

我？我没有，我没有扔树棍。

那些碎纸屑也是你扔到河里去的？

我没有扔纸屑，我干吗要把纸屑扔到河里去？

荣的身体颤动了一下，他忽然感到一种莫名的恐慌，心很沉重地撞击着。他紧紧握紧了两只齿轮，齿轮上的齿孔刺痛了手指。荣抬头看着天空，天空湛蓝而明净，棉絮般的云层若有若无，太阳升得很高很高，阳光也像齿轮一样刺痛了他的眼睛。荣估计时间快到一点了，他想该回家吃饭去了。

我该回家了，荣说。他去牵他的山羊，山羊一直在有条不紊地吃草。荣拍了拍羊的背部，他说，我们该回家了。羊没有动，它依然埋头有条不紊地吃草。荣不明白羊今天为什么这么饿，为什么不听话，他有点焦躁起来，朝羊的肚子踢了一脚，他说，给我离开这里，该回家吃饭了。

临走的时候，荣回头看见土在棉花地里用树棍刨那个小坑，土好像在寻找什么东西。而轩坐在他刚才坐过的地方，不时地用手捧起河水往身上泼。荣牵着羊走出五米远的时候，听见轩突然从后面追过来，堵住他的去路。

你手里拿的什么？轩盯着荣的手看。

汽车零件。荣把两个齿轮摊在手掌上，给轩看，他说，也可能是飞机上的零件，我刚才捡的。

轩的脸凑近那对齿轮看，他伸出手指在上面摸了摸，忽然说，这是我掉的，把它还给我。

荣下意识飞快地把手里的齿轮放到了背后,他轻蔑地朝轩看了看,他说,你胡说,你们兄弟俩都喜欢胡说八道。我才把它洗干净,你就想来冒领。

不骗你,这东西真的是我掉的,轩说。轩绕到荣的背后,想去夺荣手里的齿轮。轩说,你把它还给我。

荣左右躲闪着。他觉得轩和土是前来找碴生事的,他并不怕他们。荣用力推了轩一把,然后站住说,既然你说是你丢掉了,那么你说什么时候掉的,掉在哪里了?你说吧,说对了我就还给你。

昨天掉的,掉在河边上。轩说。

你又在胡说,你才在撒谎。假如是昨天掉的,齿轮上面不会有那么多锈斑,再说,我也不是在河边捡的,我是在稻草人身上摘下来的。

你也在撒谎,哪来的稻草人?轩朝四面环顾了一圈说,这四周哪来的稻草人。

荣这时意识到他现在的困境都是因为从棉花地里拔出了稻草人,他有点后悔,但他不想对轩说。他依然攥紧了两只齿轮,躲闪着轩的手。荣高声说,反正我不会给你,是我的东西为什么要给你?荣边说边跑,他从山羊的背上越过去,朝棉花地里跑,而轩也迅速追了上去,他们在棉花地里追逐时,棉花叶子发出了哗啦啦持续不断的巨响。人们后来看见的那些残棵剩叶就是那会儿倒伏的。

稻草人　91

土已经把那个小坑挖得很深了,除了几条蚯蚓和一块古老的青瓦,土一无所获,什么也没有发现,他有点失望。他提着树棍钻出棉花地时,正好看见荣跳进棉花地,看见轩和荣之间紧张的追逐。

怎么啦?是他杀了人吗?土尖声问轩。轩已经顾不上回答,他追赶着荣,他快要追上荣了。土觉得棉花地被他们掀动起来,像潮水一样翻涌起热浪。他看见荣的手里有什么东西,在阳光下亮闪闪的。土尖声喊,抓住他,他杀了一个女人!就是他,杀了一个女人!

土朝荣和轩那里冲过去,他看见荣和轩滚在一起,争抢着荣手里的东西。太阳坠下来在他们之间挤扁了,砰然作响,棉花地里白光四射,土奔跑着,他感到空气坚硬如铁,喘不过气来。土的黝黑的脸上充满了血,他双目圆睁,身体像鸟一样飞起来,他飞到了荣和轩纠缠的两个身体前,粗略地辨认了一下,然后他高高挥起那根树棍,朝荣的头部砸下去。荣轻轻地叫了一声,他从轩的身上翻下来,仰脸看了看那根树棍,荣的神情又惊愕又茫然。土再次挥起树棍,朝荣的头顶砸下去。这一瞬间荣朝那根树棍伸出手,似乎要抓住它。荣的神情又惊愕又茫然。然而他的身体被树棍的打击弹了一下,就伏在地上了。两只齿轮从荣的手里滑落,无声地滚到土的脚下。

这是什么?土用脚踢了踢齿轮。

别踢,轩抓住了两只齿轮,他说,这是汽车零件,不是飞机零件,是我的。

他用这个杀了人？土说。

他没有杀人，他偷了我的飞机零件。轩说。

土扔掉手里的树棍。他绕着荣的身体转了一圈，闻到荣的身上渐渐散发出一种淡淡的血腥味。荣的头上出现一个洞孔，从里面汩汩流出一种清凉的血。土这时感到了陌生的冷意，他抱着双肩蹲在那里，腹中突然一阵反胃，土就蹲在荣的身边，呕吐了一大摊污物。

七月的午后，棉花地空寂无人。轩和土兄弟俩静静穿过宽阔的公路，回到村里。站在村头高坡上，他们回头看见荣的山羊滞留在河边，它不认识回家的路。它还在河边吃草。

棉花一天天成熟。七月将近的时候，棉农穿梭来往于棉花地中。有人在田里找到一根树棍，他把它插在地里，棍端压了一顶新草帽。他看见树棍上布满一些暗红色的痕迹，就摘了几片棉花叶，把它擦掉了。后来他又用干草扎成两条手臂，绑在树棍上，一个新的稻草人就这样诞生了。

一般说来，棉花地里也有稻草人。稻草人守护着棉花，但是鸟什么时候飞来呢？

(1990 年)

棚车

祖母五十多年没坐过火车了。祖母把火车叫做棚车，她说，现在的棚车比以前好多了，都说现在的棚车上每人都有座位，没想到是这么好的座位，都是皮沙发呀。姐姐说，什么皮沙发，其实就是椅子上蒙了一层人造革。祖母说，人造革比皮沙发还光滑呢，那人造革不比猪皮牛皮强？你没坐过以前的棚车，以前的棚车上连硬板凳都没有，现在，现在的棚车比以前好到天上去啦，你还噘着嘴？你还嫌挤？

　　姐姐不知道祖母为什么把火车叫做棚车，祖母的解释听上去振振有词，她说，运货的火车叫煤车，运人的火车就是棚车，我没有说错，你别以为我什么都不懂，我五十年前就坐过火车啦！姐姐仍然不明白，而且她始终觉得棚车这个字眼听上去很可笑。棚车，棚车，姐姐嘀咕着朝邻座人扮了个鬼脸。邻座的人笑了。那是一个五十多岁的干部模样的男人，没想到他很乐意接过我祖母的话茬。棚车，棚车就是货车的空车厢，那人说，我年轻时也坐过棚车的，买棚车票很便宜，没有座位给你，你可以站着，也可以坐在地上，有时还可以铺张报纸在车上睡一觉。

姐姐看了看邻座，又看了看祖母。姐姐对以前的老掉牙的事情根本不感兴趣，她以为祖母会附和那个邻座的话，但她听见祖母鼻孔里嗤地响了一声，祖母对邻座男人的回忆明显表示了不以为然。嘁，还坐在地上呢，还在车上睡一觉呢，祖母瞥了那人一眼说，连站的地方都没有，一个人挤着一个人，人都踩在人的脚背上站着，孩子就吊在大人肩膀上，哪有地方给你坐给你睡呀？邻座一时语塞，想了一会儿讪讪地说，那么挤的棚车我没坐过，你坐那会儿大概是战争年代吧？姐姐再去看祖母的脸，祖母的脸上终于出现了得胜者的满意表情。就是到处打仗那会儿呀，到处兵荒马乱的，你们知道我是怎么挤上棚车的？怀里抱着一个孩子，手上还牵着一个，肚里还拖着一个呢，这还不算，我背上还背着一篓鸡崽。祖母的手开始前后左右地游动着，模拟当时上火车的情景，她的声调也变得生动活泼起来，你们想一想我受的那份罪，为了逃命，就那样在棚车上站了一天一夜，人最后就像一根木头了，下了车想坐，可腰背却弯不下来，怎么也弯不下来啦！

姐姐扑哧笑了一声，但她立即捂住嘴低下头来，不让祖母发现她笑了。姐姐后来埋头一心一意地嗑瓜子，她听见祖母絮絮叨叨地向邻座说着五十年前的往事，姐姐不想听，但她的眼前渐渐地浮现出五十年前的一列火车，火车在遍地的炮火弹雨中驶过原野，在姐姐的想象中那列火车驮载了许多木棚，木棚里站满了衣衫褴褛面如菜色的难民，其中包括青年时代的祖母。不知为什么姐姐无法想象祖母年轻时的模样,她依稀看见白发苍苍的祖母站在五十年前的火车上,拖儿带女,背上还驮着一只装满小鸡的篓子。姐姐无法想象祖母当时的心情,但她能够准确地想象那篓小鸡惹人喜爱的模样,它们肯定是鹅黄色的毛茸茸的,它们叽叽喳喳地挤在祖母的篓子里,一定可爱极了。

那篓小鸡呢?姐姐突然抬头问祖母。

什么小鸡?祖母没听清,她说,我没说鸡的事。

你带的那篓小鸡,小鸡后来怎么样了?

小鸡能怎么样?死了几只,活了几只,公鸡卖了,母鸡留着生蛋。祖母朗声笑起来,她在姐姐腮上拧了一把。傻孩子,鸡能怎么样?又不是人,能活上五十年吗?

姐姐觉得祖母根本没有说出小鸡的故事,祖母总是这样,有意思的事情她都不记得了,没意思的事情却说个没完。为什么鸡不能活上五十年?假如人不杀鸡不吃鸡,鸡或许就能活上五十年,姐姐想到这里就忍不住抢白道:只有人才能活五十年吗?那可不一定。

祖母灿烂的笑容一下子凝住了,祖母最恨的就是姐姐跟她顶嘴,她的干瘪的嘴唇嚅动了几下,想说的话没有说出来。姐姐记得祖母就是从这时候开始生她气了。祖母不高兴的时候,她的头会向左侧轻轻摆动,不停地摆动,它让姐姐想起了祖母房间里的那只老式挂钟。

火车在一个小站停靠了五分钟,车上乱了一阵,下车的人还没有挤出去,上车的人群行李已经拥了进来,一个背着铺盖的汉子从人堆里跌跌撞撞地冲出来,恰巧撞在祖母的身上,姐姐听见什么东西嘎嗒一下折断的声音,便慌忙地去抓祖母的手,抓住的却是那汉子的衣角。

原来是祖母脚下的篮子被那汉子踩住了,篮子里的锡箔元宝溅了出来。你干什么?姐姐愤怒地推了那汉子一把。那汉子仍然是满脸紧张之色,目光在车厢四周搜寻着,他说,我不干什么,我在找座位呀。姐姐又推了他一下,你找座位干吗要撞人?篮子给你踩坏了,你要赔!姐姐一边骂着一边转向祖母问,他有没有撞疼你?有没有撞疼?祖母已经把篮子抱到了膝上,她捡起了地上的几只锡箔元宝,放在嘴边吹了吹,祖母对孙女的关心似乎置若罔闻,她饶有兴味地打量着那个汉子。第一回坐棚车吧?祖母说,座位肯定没有啦,我们先来的才有座位,你现在上车当然就没有座位啦,这过道不是还空着吗?你还是坐在过道上吧。

过道上不能坐,他坐了别人怎么走路?姐姐高声叫道。

怎么不能走?偏一下身子就过去了,祖母说,这棚车比从前的空多了,座位没有,可过道还都空着呢。你还嫌挤?一点也不挤!

姐姐愤愤地瞪了祖母一眼,但祖母仍然不理睬姐姐,她好像还在生孙女的气,姐姐便把愤怒的目光投向那个汉子,她想把他赶走,故意把一只脚伸到过道上,但是她看见那汉子朝祖

棚车　99

母咧嘴一笑，卸下背上的铺盖卷朝地上一放，然后就稳稳地坐下去了。姐姐想不出别的办法，眼睁睁地看着那汉子和祖母高一低地坐到了一起。你这是去哪儿呀？祖母说，去走亲戚吗？

不，回家去。汉子瓮声瓮气地答道。

家在哪儿？听你口音像是塔县的，我听得出来，你是塔县人吧？

跟塔县隔着条河，我是宝庄人。

咳，什么塔县宝庄的，喝的还不是一条河里的水？祖母说，我娘家嫂子也是塔县人，塔县北关的老孙家，你知道吧？

不知道，我不是塔县的，我是宝庄人。

那汉子神情木讷，祖母很快看出来那是一个少言寡语的人，与这样一个人攀谈并没有多大乐趣，祖母便叹了口气说，出门在外不容易呀。祖母说这句话的时候目光又移向邻座的那个干部，那个干部含笑点了点头，但随后他就拿起报纸挡住了自己的脸。

姐姐看见祖母脸上掠过一丝惘然之色，她的白发苍苍的头部又开始向左侧轻轻摆动起来。挤什么？一点也不挤！祖母又说。姐姐知道祖母这会儿又想与她说话了，但姐姐心里也在生祖母的气，她故意侧转脸去望着窗外。

祖母一时找不到人说话，便从篮子底部摸出一沓锡箔，后来祖母便专心致志地叠起元宝来了。

我姐姐说其实那个坐铺盖卷的汉子还不算讨厌，他上车不久便开始打瞌睡了，只是他侵占的面积大了些，我姐姐的腿再也不能伸来伸去，而且那汉子的鞋隐隐约约地飘出一股臭味，很多时候她不得不捂着鼻子。

最讨厌的是一个又黑又瘦头扎花毛巾的老妇人，姐姐说她看着那老妇人拎着一只大篮子从车厢那头过来，一路搜寻着座位，谦卑的笑容像一朵凋谢的菊花，她走近祖母身边时眼睛兀自一亮，就像找到了亲人。姐姐看见了她篮子里的东西，与祖母的一样，也是一篮锡箔叠成的元宝。

我这儿不挤，坐我这儿吧。祖母盯着老妇人的篮子说。

事实上祖母看见那个老妇人时眼睛也亮了，姐姐说两篮子锡箔元宝成了什么联络暗号，她眼睁睁地看着那个老妇人与祖母挤坐在一起，而且是祖母主动地为对方腾出了一半位子。

清明啦，该上坟啦。老妇人说。

可不是吗，我是回老家上爹娘的坟，祖母说，我五十年没回老家了，老家里也没什么人了。本来不想回去，可前一阵做梦，梦见我爹娘坟上的草枯了，树上的叶子掉光了。醒来一想，是不是爹娘在阴间没钱花了呢，五十年啦，爹娘从来没向我要过什么，这回想起我来啦，想起跟我要钱花啦。

可不是吗，清明雨一下，死人们全都跑来托梦了，老妇人说，你还算清净的，我这几天就没睡过一个好觉，谁都来向我要这要那的，就连我那个死鬼叔叔，他是喝酒醉死的，他在阴间还喝着酒呢，那天梦里就摇着个酒瓶对我说，酒瓶空啰，酒瓶空啰,死人张嘴你又不好回绝的,我就只好多买了一沓锡箔给他做酒钱。

我姐姐说她在一旁听得又好笑又生气,忍不住就大声刺了那老妇人一句,既然他跟你要酒喝,那你就买一瓶白酒给他送去嘛。

那老妇人脸上幡然变色,但她忍住没有发作。阳世的酒瓶是送不到阴间去的,过了一会儿老妇人悻悻地说,要不然锡箔纸扎派什么用处呢?烧成了灰,变成了烟才能送过去呀。

变成了烟就没有了,谁收得到呀?你这套鬼话能骗谁?姐姐没有能尽兴地批驳那个老妇人,因为她的脚被祖母重重地踩住了。

祖母停止了叠锡箔的动作,她用罕见的严厉森然的目光盯着姐姐,眼睛里渐渐地闪出怒火,姐姐便慌乱地低下头去,低下头去嗑瓜子。后来她听见了祖母悲伤沉痛的声音,你看看现在这种孩子,将来我们去了什么也不会有的,这种孩子,他们不会送一个锡箔元宝给你的。

姐姐心里在说,当然不送,但她不敢说出声来,姐姐把瓜子壳吐在那汉子的铺盖卷上,吐在那老妇人的脚下,但她不敢再惹我祖母生气了。姐姐咯嚓咯嚓地嗑瓜子,火车就轰隆轰隆地往前开。

火车就轰隆轰隆地往前开,火车将把我祖母送到我曾祖母的坟茔边,送她去上坟。

火车开到我老家大约要九个小时,对于我姐姐来说,这段旅程已经变得乏味而难以忍受，姐姐的耳朵里灌满了她讨厌的闲言碎语，鼻子里则钻进了任何人都讨厌的脚臭味。祖母对此浑然不觉。祖母恰恰变得愈来愈活泼了，因为她发现自己渐渐成了半节车厢几十个人的中心，她与老妇人关于阴曹地府的谈话吸引了许多人的注意，有人干脆就跑过来站在祖母身边，竖起耳朵听她说阎王爷抓人的故事。

阎王爷抓女人就抓她的头发，不过阎王爷的心也是肉做的，你要是不想跟他去，他也会手下留情，祖母说，我六十三岁那年就让阎王爷抓过头发，我不想去，我力气大，拼命地犟呀，犟呀，结果阎王爷就松手了，只带走了一绺头发。祖母说着低下头，分开她的白发，让众人看那个真实的痕迹，你们看见了吗？让他抓去一绺头发呀！

头扎花毛巾的老妇人仔细鉴别着我祖母的一小片光裸的头顶，她沉吟了一会儿说，是被抓过的，不过我看那不是阎王爷抓的，是阎王爷派来的小鬼抓的，阎王爷不会轻易出马来抓人。

姐姐不止一次听祖母说过头发的故事了，姐姐不敢阻止祖母继续这个话题，就把怒气撒到那个老妇人头上，你怎么知道是小鬼抓的？姐姐说，难道你也是阎王爷手下的鬼吗？

但是姐姐的出言不逊没有什么作用，那个老妇人只是朝她翻了一下眼睛，她仍然和我祖母挤坐在一起，叠着元宝一唱一和。我姐姐悲哀地发现那节车厢里装的都是无知的崇尚迷信的人，他们竟像黄蜂采蜜一样朝我祖母这边涌来，人挤着人，塞满了旁边的过道和座位前的空隙，所有的脑袋都像向日葵一样对准我祖母。挤死了，挤死了！我姐姐嚷着开始推搡身边的那些人，她说，你们都是傻瓜呀，都跑来听这些鬼话，你们真的相信这些鬼话呀？

那堆人却不理睬我姐姐，他们像木桩一样坚固地立在我祖母四周，有的张大了嘴满脸惊悚之色，有的窃窃私笑，只有一个男人对我姐姐说，你推什么推呀？这儿热闹就站这儿，坐火车闷，听她们说说解个闷嘛。

姐姐气得满脸绯红，她为祖母充当了这个角色而生气，也为自己的空间被一点点蚕食分割而愤怒，挤死我啦！姐姐最后尖叫了一声，推开人堆逃了出来，她一边冲撞着那些人一边说，我不坐这儿了，让你们坐，让你们坐吧！那群人对我姐姐的愤怒无动于衷，更让姐姐生气的是她刚离开座位就有一个男人坐了下去，一个肥头大耳的男人，坐下去的时候还很舒服地叹了口气。

火车当然还是向前开着，但姐姐现在只能站着了，姐姐满腔怒火地站在车厢尽头，目光狠狠地盯着车厢中部人头攒动的地方。姐姐站了一会站累了，她想凭什么把座位让给那个可恶的男人，她想祖母关于阎王和头发的故事该讲完了，那堆人也该散了，姐姐就一路吃喝着走过去。姐姐走过去就听见了一种苍老的嘶哑的哭诉声，她这才明白了那堆人迟迟不散的原因，现在他们竖着耳朵，就是在听那种苍老的嘶哑的哭诉声。

幸好不是我祖母，是头扎花头巾的老妇人突然哭起来了。姐姐在一旁听了很久才明白了事情的原委，她没想到老妇人的悲伤居然是从她身上引起的。你有福气呀，回家扫墓有孙女陪着，老妇人涕泪横流地拍着我祖母的手说，我也有一群儿女子孙，你别以为我没有儿女子孙，可他们谁肯陪我去？谁肯陪我去？想想就害怕，哪天我也让阎王抓了去，那就一粒米也吃不上一块布也穿不上呀！

　　我姐姐说她一开始对那老妇人还动了恻隐之心，但听着听着就烦了，而且她看见祖母也被老妇人弄得凄惶惶，祖母的眼睛湿了，她从前襟里抽出自己的手帕给那老妇人擦泪，但那个老妇人接过手帕却擤了一把鼻涕。

　　姐姐不能忍受这列火车了，她想从人堆里钻进去回到自己的座位，钻来撞去的却怎么也过不去，那群人或者是听得入了迷，或者是不让姐姐占据什么，他们像一堵墙挡住了她。姐姐被挤在人堆中间进退两难，这样持续了很久，姐姐突然急中生智，她扯着嗓子对我祖母喊，奶奶，下车啦！我们到啦！

　　要知道我祖母坐火车最担心的就是下错了站，最担心的就是火车到站时她不知道。姐姐这么一叫我祖母立即从椅座上跳了起来，祖母慌忙地提起她的篮子，慌忙地推着她身边的那堆人，她说，你们别堵着我，你们堵着我怎么下车呀？急死我了，你们快让我下车呀！

　　我姐姐后来向全家人描述人群散开的情景时得意地笑了。我们认为那是一次有趣的旅程，可是我姐姐并不这么看，她说，那叫什么坐火车。坐的简直就是，棚？对，就是棚车，棚车。

事实上我们只能想象祖母五十年前坐过的棚车了。火车就是火车，棚车就是棚车，反正火车和棚车是两种不同的车。这个区别我祖母现在也弄清楚了，现在我们要出门远行时祖母会嘱咐几句：要坐火车去，不要坐棚车，棚车上人挤，火车一点也不挤。

(1995年)

小猫

他们家是一座婴儿生产作坊。从六十年代到七十年代初，那个嗓音洪亮丰乳宽臀的女人让邻居们刮目相看。她在家门口倚墙而立时，怀里总是像塞了一个米袋，她的浑圆的双臂交叉着做成一个容器，里面盛着一个毛茸茸的婴儿。你或许已经注意到那些婴儿的脸颊泛出粉红的光彩，是那种健康而美丽的粉红色，有点近似于月季花花瓣外侧的颜色。

女人们都叫她蓬仙。蓬仙生下了九个孩子，她自己对别人说，生到最后她咳嗽一下孩子就会出来，这叫什么事呢？都是冯三害了我。有一次蓬仙对几个女邻居赌咒发誓说，冯三要是再逼我做那档事，我，我他妈的就把他阉了！说着蓬仙还亮出了一把新的锋利的剪刀，她一边晃着那把剪刀，一边咯咯笑着。女邻居都知道蓬仙是在开玩笑，她们猜想蓬仙骨子里也是喜欢那档事的。

鬼才相信蓬仙那番话呢。蓬仙的衣裳又扣不住了，过了几个月，有人看见蓬仙又在剪尿布，手里抓着的正是那把缠了红线的剪刀。又过了几个月，蓬仙怀里的米袋看上去要掉下来了，又过了几天，冯家的第九个婴儿来到了我们的世界，没怎么就来了，只是啼哭了几声。

是个女孩，冯家人都叫她小猫。

冯家夫妇商量好了把小猫送给别人家当女儿。东门小学的老秦家无子嗣，又跟冯三沾亲带故的，蓬仙就在一大堆名单中挑选了老秦家，她说，那两口子不是老师吗？图他们是文化人，知书达理的，孩子给了他们家，日后没准也能戴上个金丝眼镜呢。冯三挥挥手说，你说送谁就送谁，孩子一窝窝的都是你下的，我不管。

小猫生下来第三天老秦夫妇就来了。男的抱来一床棉胎，女的提着半包红糖。他们一来就被这个家庭吓着了，老秦抱着的棉胎被几个男孩撞落在地上，他刚要俯身去捡，从桌底下冲出两个女孩，争先恐后地跳到棉胎上蹦开了。老秦叫起来，别在上面蹦，这是新棉胎呀。冯三闻声出来，朝两个女孩头上一人扇了一巴掌，转脸对老秦说，到我家来不能带东西，什么好东西都让他们糟蹋了。老秦说，棉胎带来包孩子的，那包红糖是送给嫂子补身子的。冯三瞟了眼女人手里的半包红糖，有点鄙夷地说，没用，这些东西到我家都没用，我们的孩子三九天光着身子也能出门，冻不死他们，红糖更没用，蓬仙她什么都不爱吃，就喝粥。

蓬仙坐在床上纳鞋底，老秦夫妇一进里屋她就把脸转向墙壁，蓬仙说，抱走吧，我不心疼，我转着身子，你们别让我看见就行。

老秦夫妇绕着婴儿的摇篮转了几圈，夫妇俩交换着眼色，不时地耳语几句，却不跟蓬仙说话。蓬仙就用鞋底往墙上笃笃敲了几下，她说，喂，你们葫芦里卖什么药？是我送孩子给你们，难道还要我来下跪求你们吗？

老秦慌乱之中把婴儿的摇篮摇得吱吱地响，他说，嫂子，你别催我们，让我们再考虑考虑。

蓬仙对着墙嗤地一笑，说，考虑考虑？那能考虑出个孩子来吗？

老秦的女人脸上有点挂不住，她伸手摸了摸婴儿的胳膊，吞吞吐吐地说，这女孩儿怎么不如他们结实健康，瘦得像只小猫，哭起来也不响亮嘛。

蓬仙对着墙说，你说这话就像个三岁的孩子，小宝宝生下来才三天，她才喝了三天的奶，怎么能比得上哥哥姐姐呢？

老秦的女人又伸手按了一下婴儿的鼻子，她说，这女孩的模样长得也不如哥哥姐姐周正，眼睛就不大，鼻梁也有点塌，女孩儿家鼻梁塌一点是常有的事，但眼睛吃亏不得。

这次蓬仙按捺不住了，她忽然从床上冲下来，抱起摇篮里的小猫放进她的被窝，她像赶鸭子一样朝老秦夫妇挥着手，嘴里嘘嘘地叫着，走吧，你们快走，我还以为你们有文化，你们的墨水都灌到膀胱里了？我的孩子，刚生下三天的小宝宝，你嫌她丑？你这样的女人要是能生孩子，那才是老天瞎了眼睛。

老秦的女人当场就捂住脸哭起来了，她捂住脸跑到门边，还是回敬了几句，你有什么了不起？你怎么知道是我不会生？你们这种人除了生孩子什么也不懂，你们不懂科学！

蓬仙坐在床上拍了拍受惊啼哭的婴儿，她的嘴角上浮起一抹冷笑，哼，怪到男人头上去了？蓬仙低声嘀咕道，科学？科学也不能让公鸡下蛋呀！

你知道蓬仙是那种脾气火暴口无遮拦的人，一般人斗嘴斗不过她，更何况老秦夫妇多少有些理亏。他们夫妇脸色煞白地跑到门外，冯三还在后面追着说，孩子抱不抱都行，别这么走呀，喝口水再走。老秦的女人果然回来了，她想带走那半包红糖，但那些红糖其实已经不存在了，冯家的几个孩子每人手里都抓着一把，每人嘴里都发出吧嗒吧嗒品味的响声。她看见两岁的男孩小狗坐在桌子底下，正舔着包红糖的那个破纸包。老秦的女人站在一旁朝那堆孩子巡视了一番，出来就对老秦说，冯家的孩子，哼，我一个也不想要。

小猫还在蓬仙的怀里，小猫要送人的消息却传出去了。街上有人在谈论冯家的事情，那些菩萨心肠的妇人看见冯家的孩子，眼睛里便泛出湿润的悲悯的光，他们追上了玩铁箍的小牛和小羊，争着去摸小羊的辫梢，去替小牛翻好肮脏的衣领。绍兴奶奶毕竟有点老糊涂了，她没弄清楚冯家要送掉哪一个女孩，抓住小羊的胳膊不肯松手，绍兴奶奶说，这么俊俏的女孩儿，女孩儿大了比男孩疼爹妈呀，蓬仙怎么舍得把你送走？绍兴奶奶从衣襟上抽出手帕抹着眼睛，六岁的女孩小羊却朝她狠狠翻了个白眼，小羊尖声说，谁说我要送走啦？老东西，你才会让你妈送走呢！

与蓬仙交好的几个妇人则相约一起去看那个可怜的女婴。她们看见那个被唤做小猫的女婴，真的像一只小猫一样躺在蓬仙的怀里，两只小手也像小猫的爪子似的抓挠着蓬仙硕大的乳房。蓬仙一边喂奶一边缠旧毛线，或者说蓬仙在缠旧毛线时腾出了身子给小猫喂奶。

一个妇人替蓬仙绷起毛线说，喂着奶手也不肯闲着，你要累死自己呀？

蓬仙说，我要不把自己累死，这些孩子怎么长得大？

另一个妇人上前抢过小猫抱住，在她脸上亲着，嘴里忍不住含沙射影开了，她说，可怜的小东西，你还笑呢，你妈要把你送人了你还在笑，你怎么笑得出来呀？

蓬仙的眉头跳了跳，沉下脸说，你要是心疼你抱回家去。

第三个妇人说，羊圈大了好养羊，七个孩子九个孩子还不是一样养，蓬仙你怎么会舍得把她送人？

蓬仙说，站着说话不腰疼，你才生了几个？告诉你们你们也不懂，生孩子生到我这份上，男孩女孩，长壶嘴的没壶嘴的，个个都心疼，个个都不心疼。

妇人们一时哑口无言，都愕然地看着蓬仙。蓬仙的眼圈有点红，抓过一块尿布嗤啦嗤啦地擤了把鼻涕，突然又笑起来说，我也糊涂了，我一心要找个比我疼孩子的人家，那不是糊涂？天底下的父母疼的是自己的骨血，哪儿会有我找的那户人家？我还在想呢，我这九个孩子个个跟野孩子似的，就不能有个白白净净戴金丝边眼镜的？细想想也不对，女孩子家眼睛坏了才麻烦，日后嫁了人，要是大伯子小叔子什么的爬错了床，她也看不清楚，那不是白白吃大亏吗！

你知道蓬仙就是这种像黄梅雨季的女人，雨下得急，太阳也说出就出。那天也一样，几个妇人后来被蓬仙逗得蹲在地上笑，蓬仙却不笑，瞪着女婴的手怔了一会儿，没头没脑地说，我是可怜他们。

你知道我们街上的妇人们大多是爱管闲事的，她们不打算把自己的孩子送给别人，但她们开始热心地为小猫物色一户好人家，当然她们每个人都清楚蓬仙心目中的好人家是什么条件。有一天她们终于与化工厂的女会计碰了头，女会计与一个海军军官结婚十几年了，还没有孩子，丈夫远在南海疆域，没有谁比女会计更需要一个孩子，几个女人在化工厂一角与女会计喊喊咕咕说了半天，后来她们就把女会计领到蓬仙家里来了。

那天恰逢小猫满月，蓬仙煮了一锅红蛋，顺手蘸了点蔻汁点在小猫的前额上，而冯家的其他孩子脸上额上也都画得红红绿绿的，分成两排伏在桌上，他们正吸溜吸溜地享受着小猫的满月面。

蓬仙却不怎么理睬女会计，旁边的说客刚要兜出来意，就被蓬仙制止了。别说了，我知道你们干什么来了，蓬仙咬烂了一口面条塞进女婴的嘴里,她说,真滑稽,把我们家当卖人口的铺子啦?

女会计脸色立刻尴尬起来,好在说客与蓬仙厮混惯的,她凑到蓬仙耳边低声说了一番话,蓬仙终于窃窃一笑,又说了一番话,蓬仙就哈哈笑开了,一边笑一边还揉搓着胀奶的乳房。蓬仙不时地朝女会计瞥上一眼,眼光有时是猜忌的,有时却充满怜悯。

这女孩长得丑,鼻梁塌,眼睛也小。蓬仙突然说。

孩子都可爱,我觉得她一点也不丑。女会计说。

这女孩瘦得像只猫,以后不知道能不能长得大。蓬仙又说。

你说到哪儿去了?女会计笑着说,只要细心照料,孩子哪儿有长不大的道理?只要你放心给我,我保证这孩子以后白白胖胖的。

我放了一半心。蓬仙审视着女会计,沉默了一会儿,倏地钻到被窝里去,用被子蒙住头说,抱走吧,抱走吧,别让我看见我就不心疼。

旁边的说客朝女会计使了个眼色,女会计求婴心切,果然抱起婴儿的褴褓就走。小猫并没有哭,倒是四岁的小牛追上来拽女会计的衣角,嘴里尖叫着,你偷我们家的东西。女会计夺路而走,边走边说,不是偷的,是你妈送的。女会计疾步走出冯家门,蓬仙还是追了出来,蓬仙光着脚追出来,一迭声地喊着,奶,奶,奶呀!

什么奶？女会计回头一看，蓬仙满脸是泪，倚在门框上，双手紧紧地按着自己的乳房。

奶，奶，蓬仙抹了把眼泪说，你没有奶水，你怎么喂孩子呀？

那没问题，人工喂养，我早想好了。女会计抱紧了婴儿，她说，我买奶粉、奶糕，还有鲜牛奶、鲜果汁，不会饿着孩子的。

人工喂养怎么行？孩子长不出力气。蓬仙上前在小猫脸上亲了一口，然后她突然做出了一个奇怪的决定，我来喂奶，我每天抽空给小猫喂两次奶，蓬仙说，三袋奶粉也顶不了我的一碗奶汁，不喝我的奶小猫长不大的。

后来的纠葛其实就是由喂奶引起的。女会计当时勉强点头应承了蓬仙，但她只遵从了两天。她告诉别人，看看蓬仙给小猫喂奶的样子，她心里别扭极了。既然你把孩子送给我，就该让我来哺养孩子，女会计满腹牢骚地说，凭什么说她一滴奶顶过三袋奶粉？孩子给了我，我就是她的母亲了，为什么非要喝她的奶呢？

蓬仙等了两天，不见女会计和小猫的影子，人就有点失魂落魄的。她想把小猫饿死啊？蓬仙这么喊了一声就冲出家门。她先是走了半个城市找到女会计的家。那门上挂着铁锁，门前晾着一排用新纱布剪成的湿尿布，蓬仙摸了摸那些尿布，忍不住嘀咕道，懂个屁，新纱布哪有旧的好？女会计的邻居告诉蓬仙说，陈会计还没下班呢，她刚过继了弟弟家的孩子，这几天

小猫　115

忙坏了。蓬仙一听就笑了，那不是她亲侄女吗？又问那邻居，那孩子夜里闹不闹？邻居说，怎么不闹？夜里闹得左邻右舍都睡不着。蓬仙一听就不说话了，心里想，没生养过的女人就是不会带孩子。

蓬仙急急匆匆地又穿越半个城市，朝女会计所在的化工厂走去，走到半途上，奶汁涨得厉害，蓬仙就找个僻静处把奶汁挤掉了一半。大约午后两点钟左右，蓬仙闯进了化工厂，传达室的老头想拦住她盘问几句，蓬仙却急匆匆地往里面奔跑，她说，不喂不行了，要饿坏了，要饿坏了！老头在后面追着喊，你跑什么？什么饿坏了？蓬仙头也不回，边跑边叫了一声，我的孩子！

蓬仙来到了化工厂托儿所的窗外，一眼就看见小猫，一个保育员正拿着一瓶淡黄色的液体往小猫嘴里塞。蓬仙或许是急晕了头，一时竟然找不到托儿所的门，干脆就从窗子里翻了进去。里面的保育员惊呆了，纷纷过来围住了蓬仙，蓬仙也来不及解释，衣裳一撩就抢过了小猫。这样过了一分钟，母婴俩脸上都露出了一种轻快幸福的笑容。保育员们却仍然没醒过神来，七嘴八舌地盘问开了，你是陈会计的什么人？你是她弟媳妇吗？你是她请来的奶妈吗？

蓬仙不理睬这些问题，她伸出食指在婴儿脸上轻轻划了一圈，说，才两天不到，就瘦了一圈。又指着床上的奶瓶问，那瓶子里黄颜色的，是什么东西？保育员说，橘子汁呀，陈会计关照的，两点钟给孩子喂橘子汁。蓬仙一听火又蹿上来了，她说，懂个屁，橘子汁也能顶饱？这么酸的东西，孩子的胃怎么受得了？孩子那胃比豆腐还嫩呀，这么喂孩子不得胃病才怪。蓬仙说话的嗓门很高，几个午睡的孩子被吵醒了，哇哇大哭起来，保育员们就请蓬仙到外面说话，蓬仙一边走一边说，这儿的孩子胆小，换了我家那些孩子，就是来个戏班子在他们床前唱戏打鼓，他们也不会哭一声。

到了外面蓬仙仍然抱着小猫，后来女会计闻讯赶来，看见蓬仙抱孩子的那模样那表情，她就预感到这个女婴已经不属于她了。蓬仙的目光冷冷地投射过来，充满了愤怒和轻蔑。

女会计说，你怎么找到这里来了？

蓬仙说，我要是不来，孩子是死是活还不知道呢。

女会计急了，她说，你怎么这样说话？孩子不是好好的吗？你以为就你的奶水值钱，孩子离了你就活不成啦？

蓬仙抱住小猫朝左边右边晃了几下，现在看来我的孩子离了我就是活不成。蓬仙的语气忽然变得平静，她抱着小猫走到女会计面前，说，我要带她回家，你要不要再抱一抱她？女会计绝望地扭过头去。你不要抱最后一下？蓬仙在女会计身边停留着，她脸上的表情像雨云一样急遽地变幻着，最后变成一丝悲哀的冷笑，她说，你也不怎么样，我还是看错人了。

女婴小猫就这样被她母亲又抱回了家。第二天我们街上那些好事的妇人来到冯家，她们叽叽喳喳地议论着女会计的那瓶橘子汁，蓬仙听得不耐烦了，她说，咳，喂点橘子汁也没什么了不起，我变卦也不是为了橘子汁，是她没经住我的考验，我让她抱孩子最后一下，我想看她抱孩子时哭不哭，她一哭我的心肯定软了，可是她不要抱，她不要抱，那个女人，她没经住我的考验呀！

小猫像一只小猫一样偎着蓬仙长大了。

冯家九个孩子中，蓬仙最疼爱的就是小猫，小猫的哥哥姐姐嫉妒她，吵起嘴来就说，你以为妈疼你？你刚生出来时差点让妈送给人家。小猫不相信，跑去问蓬仙，蓬仙笑着回答她，别听他们胡说，就是把他们八个都送人了，妈也不会把你送走的。

蓬仙到哪儿都带着小猫，蓬仙到哪儿小猫都跟着。小猫七岁那年跟着母亲去杂货店买扫帚，看见一个女人在柜台另一侧买凉席，那女人的手在凉席上一遍遍地搓摸着，眼睛却直勾勾地注视着自己。小猫有点害怕，就躲在蓬仙的身后不让她看见。等到那女人走出了杂货店，小猫就大声地问蓬仙，那人是谁？她为什么要盯着我看呢？

蓬仙沉默了一会儿，突然哈哈地笑起来，她在小猫脸蛋上拧了一把，说，她当然要盯着你看，看你长得漂亮不漂亮，看你懂事不懂事，你差点做了她的女儿嘛。

小猫瞪大了眼睛张大了嘴巴哇哇大哭起来，小猫还用新买的扫帚打母亲的屁股，蓬仙怎么哄也没用，一咬牙就使了个撒手锏，她高声喊道，再哭，你再哭我真的把你送给她，送给她去做女儿！

这下小猫被吓住了，小猫顿时止住了哭闹，她的两只手死死地抓住蓬仙的衣角,她的眼睛恐惧地望着杂货店门外,幸运的是那个女人已经拐过街角不见了,那个女人已经不见了。

蓬仙朝杂货店的女店员挤了挤眼睛,她说,没有办法,自己的孩子就得自己养。

那还用说吗?女店员不假思索地回答,那还用说吗?

(1995 年)

玉米爆炸记

六月以来兆庚一直在村子里诟骂城里的知县大人，他说那知县大人白长了半尺须髯，白扣了一顶乌纱，他的笆斗大的脑袋里学识不及一勺淡肥，他的死鱼一样的眼睛看不清东西南北，他的耳朵也似乎被虫子堵塞了，有理的听成没理的，黑的听成白的，白的却听成红的。兆庚骂官骂得唾沫横飞，有人便提醒他，别骂了，小心李家听到，小心让他们告了密，县衙门来人把你捕了去。

我不怕。兆庚梗着脖子喊，我怕什么？是龙水翻脸不认账，输了想赖账？跑到哪里都没这个理，输了就可以赖账吗？兆庚突然愤怒地拍着自己的肚子，三十个玉米棒，三十个玉米棒都在老子肚里呢，龙水的瓜地归我了，他要跟我赌的，赌输了就赖账？他赖不了，你们听着，我可不管那狗屁知县怎么说，从今往后河边那三亩瓜地就是我兆庚的啦！

龙水就是赌输了三亩瓜地的人。

六月以来龙水的脸上结满了霜，龙水的女人被龙水打断了颈椎骨，用一块黄花布裹住脸，歪着脖子，像一棵向日葵一样逃回了娘家。女人走了龙水就搬到瓜棚里住，但村里人知道龙水不是因为少了女人才搬到瓜棚里住的。

龙水，你还守在这里干什么？你的瓜地不是输给兆庚了吗？路过瓜地的人说。

他在做梦呢。龙水说，吞下三十个玉米棒就要想我的瓜地，他在做梦呢？

龙水手持梭镖站在瓜地里。他这样顶着六月的毒日头站在瓜地里，比吓鸟吓虫的草人站得还要直。龙水不这样站着不行，河对岸的农人都看见龙水的那个僵直的身影，那个僵直的身影突然动起来，龙水突然用梭镖捅倒了旁边的草人，河对岸耕田的人们都笑起来，他们说那个草人本来也没用了，龙水现在不要吓鸟，他要吓走的是人。

有些人故意舍近求远地路过瓜地，路过瓜地的人都喜欢责备龙水几句，龙水你昏了头啦，你打的是什么赌？兆庚吞玉米关你屁事？他爱吞多少吞多少，你怎么赌上了三亩瓜地呢？你怎么不跟他换一换，你来吞玉米，让兆庚赌上他家的大瓦房呢？

那天我喝酒了，喝糊涂了，喝糊涂了什么话都说了，喝糊涂了说什么都不算话了。龙水铁青着脸说。

龙水你撒谎了，你连饭都快断了顿啦，酒坊早就不给你赊账了，你喝什么酒？我都看见你们打赌了。路过瓜地的人一针见血地说，打赌就打赌了，输了就输了，可不要撒谎。

那天的日头太毒了，我热糊涂了，热糊涂了，龙水的脸泛出了窘迫的红色,他嘀嘀咕咕地申辩了几句,突然又愤怒起来。我打赌关你屁事?知县大人都不受理这个案子,轮得着你们来说东道西的?龙水挥动着梭镖对那些多嘴的人吼着,快闭上你们的臭嘴,别踩着我的瓜藤,快给我滚开,我龙水的眼睛认识你,我的梭镖可不长眼睛。

龙水起初是得到乡亲们同情的,但他的恶狗一样的脾气几乎把村里人得罪光了。后来村里人就躲着龙水七嘴八舌地议论那件事,甚至有人这样怂恿打赌的赢家兆庚:兆庚,河边那三亩瓜地不是归你了吗?瓜都熟透了,再不摘都烂啦。

龙水不仅输掉了三亩瓜地,在村里人看来他的人品也输个精光了。

三十个玉米棒全部来自兆财的玉米地。他们打赌的时候兆财不在村里,兆财在邻村帮人挖井,晚上兆财才听说兆庚吃掉了他的三十个玉米棒,他赶到玉米地里,看见许多玉米秆光秃秃的,弯着腰朝他身上倒伏,似乎像受了欺侮的孩子向大人告状。兆财就骂起来,狗日的畜生,这么嫩的玉米棒他也啃得下去,三十个玉米棒,三十个,怎么就没噎死那狗日的畜生?

兆财拖了一捆玉米秆子在村子里怒气冲冲地走,他们打赌我不管,赌人命我也不管,凭什么糟蹋我的玉米?三十个玉米棒,我要让他把三十个玉米棒都吐出来,从哪棵苗上掰的就接回哪棵苗上,三十个,差一个也不行。兆财的声音在村里一路爆过去,沿途一片鸡飞狗跳的景象。

兆财站在兆庚家的大瓦房前，将手里的那捆玉米秆在白粉墙上摔打着，兆庚的狗从黑暗中蹿出来，兆财一个马步蹲下来，双目圆睁瞪着狗。他说，你过来？你敢过来？你敢过来我一拳擂死你个畜生。那狗果然就退下了，退到黑暗中摇着尾巴，兆财不无鄙夷地想，狗随主人，兆庚的狗和兆庚一样欺软怕硬。

兆庚你出来一趟。兆财在门外喊。

屋里的油灯光闪了闪，突然灭了，什么东西乒乓响了几声，油灯又亮了。

兆财你进屋来。兆庚在里面说。

你出来！兆财说。

你进来！兆庚说。

进来就进来！兆财想了想就用玉米秆捅开了门，兆财走进去就把玉米秆扔在地上，他说，玉米都让你掰光了，这些秆子你留给谁？一口气吞下三十个玉米棒，你也不怕撑烂了肚子？

兆庚嘻嘻地笑起来，他搬了个树桩在兆财身边放下，吃你三十个玉米棒你就心疼了？兆庚说，我们还是叔伯兄弟呢，身上的血都是一个颜色的，不能那么见外吧？

说得好听。兆财说，去年我闺女到你家来借盐，你借了她几粒盐？还说那些难听话，那会儿你怎么不念我们是叔伯兄弟了？

别提那回事啦，兆庚摆摆手，他的口气又像平日一样盛气凌人了。兆庚说，几粒盐，才几粒盐？亏你说得出口，就算是几粒盐吧，我让你还了吗？嗯，我让你还盐了吗？

好，还就还，我兆财人穷志不短。兆财从地上的玉米秆里抽走了一根。他说，一个玉米棒换那几粒盐，够不够？兆财听见兆庚鼻孔里发出一声冷笑，你嫌不够？兆财说着又抽走一根玉米秆，心够黑的，兆财说，两个玉米棒总能换你那几粒盐了，那么还有二十八个玉米棒你说怎么办吧？

你说怎么办？兆财你在讹我呢，你知道我没种玉米，你就来讹我？兆庚的脸在油灯下红一阵白一阵的，兆庚的大手猛地拍了拍桌子，他说，呸，不就是三十个玉米棒吗？我地里有南瓜，我拿三十个南瓜换你那三十个玉米棒，我吃亏让你沾光，这回让你沾光好啦。

南瓜不充饥，我不要南瓜。兆财说。

你糊涂了？兆庚大叫起来，他说，三十个玉米棒换三十只大南瓜，你随便到哪儿问一下，谁吃亏了？谁沾光了？

我没糊涂，我就知道你拿我的三十个玉米棒换回了三亩瓜地。兆财说，跟你直说了吧，那三亩瓜地该有我一份，玉米都是我的，那瓜地怎么说也该有我一份。

你在胡说些什么？你再说一遍？

再说一百遍还是那句话，那三亩瓜地该有我一份。

兆财我看你是穷疯了，穷疯了吗？

你当我是疯子好了，我告诉你，那三亩瓜地你得给我一亩，至少给一亩，不给不行。

兆庚先是嗤嗤地笑，后来便笑不出来了。兆庚在地上焦灼地走了几圈,突然站住,眼睛狠狠地斜睨着兆财,三十个玉米棒换一亩瓜地?呸,你以为我是傻瓜?兆庚说,最多分你半亩地,看在老祖宗的面子上,给你半亩地。

半亩就半亩吧,看在老祖宗的面子上,我就不跟你争了。兆财最后点了点头。

夜里兆财拖着一捆玉米秆子出了兆庚的大瓦房,兆财一路上心情很好,遇见别人家的狗朝他吠叫,兆财也朝狗吠叫。兆财还爬到草垛上去眺望龙水的瓜地,瓜地在月光夜色里仍然显示了富饶和肥美,兆财觉得他的心里长出了一只又甜又脆的大西瓜。

兆财万万没有想到龙水第二天就赖掉赌账了,兆财后来眼巴巴地等着兆庚去县府告状的消息,他以为兆庚能言善辩,以为兆庚会带回那三亩地的地契,没想到兆庚碰了一鼻子灰,知县大人不管打赌的事,兆庚回村里时捂着屁股走,兆财怀疑他在衙门前挨了官兵的鞭子。

兆财对知县大人也很不满,他在村子里愤愤地说,当官的不是说君子一言驷马难追吗?龙水算什么东西,他说话打赌却可以不追吗?

龙水的梭镖差点就梭到兆庚的身上去了。

兆庚那天跑到河边瓜地去摘瓜,他刚弯下腰,龙水就像一头豹子一样扑了过来,龙水盯着兆庚的手,他说,你别动,我告诉你这是李家传了三代的瓜地,你别动我的瓜,连瓜藤也别想动。

我怎么不能动？这瓜地归我了，瓜当然也归我了。兆庚说，喊，怪了，我摘我的瓜，关你什么屁事？

你别动我的瓜。龙水说，我告诉你了，我龙水长着眼睛，我龙水跟你打过赌，我的梭镖可没长眼，我的梭镖可没跟你打过赌。

没有王法了？我怕你的梭镖？你真以为知县大人是你舅爷？兆庚说着把两只手在膝上擦了擦，两只手又向一只西瓜垂下去，垂得很慢，两只手在瓜藤附近停顿了一会儿，终于抓住瓜藤拧了一下。但兆庚紧接着就狂叫了一声，龙水的梭镖真的刺了过来，梭镖穿过兆庚的腋下，挑破了他的布衫。兆庚跳起来，挟着梭镖跑了几步，突然醒过神来把梭镖抱在怀里，龙水，你没有王法了？霸着瓜田不放，还要杀人？兆庚破口大骂，没有廉耻的畜生，你还敢杀人？我隔天带着这把梭镖这件布衫去见知县大人，看你还能不能霸住这三亩瓜地？

龙水看见兆庚抓着梭镖往村里奔去，一路上朝乡亲们挥着梭镖喊，龙水拿梭镖扎我了，龙水要杀人了，杀人啦，龙水要杀人啦！兆庚的声音像女人一样尖利地回荡在村庄上空，龙水恨不得追上去用猪粪堵住他的嘴，但龙水不肯离开瓜地半步，龙水抱起一只石碌碡朝兆庚的背影砸去，石碌碡没砸到兆庚，却恰恰砸碎了一只西瓜，龙水捧起破碎的半生半熟的西瓜，龙水的心在刹那间也破碎了，六月以来的悔恨、悲伤和愤怒化成一行热泪，挂在他乌黑枯裂的面颊上。

村里来了几个白发长者。长者们蹲在瓜田一侧，用谴责或者怜悯的目光注视着龙水，瓜田里的瓜、瓜秧和瓜叶在夏日阳光里继续生长，人却都在夏日阳光下沉默着。终于有一个长者先说话了，他说，这样闹下去真要闹出人命，龙水，你跟兆庚的事该有个收场了。

怎么收场？龙水扭过脸说。

你们不是喜欢打赌吗？接着打赌吧，长者说，吞三十个玉米棒换三亩瓜地不公平，你让兆庚吞一百个玉米棒嘛，他要是能吞下去你就把瓜地给他，打赌要打得公平，半条命换三亩瓜地，这样差不多，这样不就收场了吗？

一百个玉米棒？龙水先是愣怔着，后来他就一口一口地干咽着口水，似乎在模拟吞咽一百个玉米棒的全部过程。后来龙水咬紧了牙齿骂了一句脏话，他说，这回我真豁出去了，不就三亩瓜地吗？豁出去，赌啦！

村里人几乎都汇集到兆财的玉米地边来了，兆财一家人惟恐别人踩坏了玉米，高高低低地站成一排人墙，挡住了那些乱糟糟的人和那些顺手牵羊的手。一百个玉米棒，我看准了，谁也别想乱拿。兆财的目光盯紧了所有围观者的手，他说，除了兆庚，谁也别碰我的玉米。

只有兆庚在掰玉米，兆庚掰下一个玉米三口两口就吞下去了，他的脸腮忽然鼓出来，忽然瘪下去，他的嘴里发出一种呱叽呱叽异常锋利的声音，而他的面部在相对平稳的时候便浮现出一抹藐视一切的微笑。

七个，八个，九个，现在第几个了？兆庚偶尔也转过脸对龙水笑着，龙水你给我数准了，你数不准也没关系，这么多乡亲都数着呢。兆庚又对他女人说，你慌什么？一百个玉米就能撑死我？撑不死我，还给你省下几天的口粮呢。

玉米地边的乡亲们都笑，他们看见兆庚的肚子也渐渐地鼓起来了，兆庚的额头上流下一片一片的汗，他的眼珠子不再乱转了，他的牛一样粗大的喉管似乎也被堵住了。二十八，二十九，三十。人们数到三十的时候笑声沉寂下去，只有龙水一个人张大了嘴，发出一些含糊的似笑非笑的声音。而兆庚的女人突然上去抢下了兆庚手里的玉米棒，不吃了，女人边哭边喊，我们不要他的地了，不能这么把人当牲口耍，我们不吃了。

谁……耍……谁？兆庚推开了女人，他这么咕噜了一句，又往嘴里塞下一个玉米棒。

兆庚继续在众目睽睽下吞食玉米，他的脸色现在已经变成灰白色，而且突然间有半截玉米棒从他嘴里冲出来，接着玉米的残渣也噗噗地冲出来，溅在兆庚的光裸的身上。女人又狂叫，不吃了，不能吃了！女人拉扯着兆庚，兆庚抬起手想把吐出来的东西塞回去，但那只手最后却无力地搭在女人肩上。

围观的人都去看龙水，龙水坐在地上搓手，他不说话。但兆财却突然扑过来推开了女人，兆财的眼睛红了，他说，你糊涂了？再让兆庚吃几个他就赢了，三亩瓜地就到手啦！女人没好气地说，瓜地要紧还是人命要紧？这玉米兆庚不能吃了，你想要瓜地你自己去吃吧。兆财揪着兆庚不松手，他说，不能这么算了，你要走我的这些玉米怎么办？这些玉米算到谁的账上？你就不能再挺一挺？已经吃了这么多了，还差几个你就赢了，三亩瓜地就到手啦！兆庚对兆财点了点头，他的嘴唇嚅动了一下，好像在说，挺一挺，挺一挺。玉米地里的几个长者觉得兆庚是想继续这次赌博的，他们于是上来劝走了兆庚的女人，他们说，兆庚还能吃，你别怕，出不了人命的。

但是兆庚已经没有力气去掰玉米了，兆财就帮他掰，帮他把玉米塞进嘴里。九十一，九十二，九十三，兆财的声音充满了惊喜，他说，兆庚你再挺一挺，还有七个了，还有七个你就赢下三亩瓜地啦！

但是兆庚却突然挺不住了，兆庚的身子突然歪倒在兆财怀里，与此同时那些玉米粒玉米渣子像烟花爆竹一样从兆庚的嘴里喷泻而出。乡亲们后来回忆当时的情景都说，那些玉米怪了，它们不像是玉米，它们像烟花爆竹一样从兆庚嘴里喷泻出来，然后就乒乒乓乓地爆响了，乡亲们说玉米不是烟花爆竹，但它们爆响的声音比过年时的烟花爆竹更热闹更快乐。乡亲们说这事也奇怪，玉米，好好的玉米，好好的那些玉米怎么会爆炸了呢？

玉米怎么会爆炸呢？你去问兆庚，你去问龙水，还有兆财，还有那些村里人。

（1995 年）

十八相送

花旦在前往塔县的路上看见了她熟悉的七里池塘,七里池塘岸上逶迤着八里长亭。花旦拉开了车窗,四月的风灌进来,花旦听见一种美妙的人声混杂在草长莺飞的声音中,她的心事被风吹来吹去的,吹出了泪珠,后来她就伏在小生继华的背上嘤嘤哭泣起来。

小生继华握着花旦的手不知所措,他看了看周围的人,人们都在午后的旅程中昏昏欲睡,小生继华就拈起花旦鬓后的一绺长发,凑到她耳边柔声问道,谁欺负你?好好的怎么哭了?

花旦仍然啜泣着,过了一会儿她轻轻吐出几个字,就像在戏台上的念白,稍稍拖长了音拍,所以花旦虽然压低了声音,小生继华还是听清了那四个字的内容。

《十八相送》?你是说《十八相送》?小生继华惊疑地问,你还在想那出戏?

十、八、相、送。花旦的吐字更加清晰了。

你还在想继璜?小生继华松开了花旦的手,他的脸上浮现出悻悻之色，他说，我就知道你还想着他，我对你好有什么用？

我刚才看见他在池塘边走。花旦最后止住了哭泣，她发现旁边有人开始在注意她和小生继华的谈话，花旦一下子便噤声不语了。

但是车上的人已经在窃窃低语，有一只蜜蜂贴着车窗玻璃哧啦哧啦地飞旋，车尾箱子里的锣钹随着汽车的颠动，突然会敲出些声音，除此之外你能听见的便是继璜的名字了。小生继璜离团出走已经一年多了，但人们都记得他风流倜傥的扮相和行云流水的唱腔；几乎每一个旦角都曾企望与小生继璜配戏，但他却在一个暴雨滂沱之夜不告而别了。剧团的人都知道小生继璜的出走与花旦有关，那一对痴男怨女，戏里戏外，真情假意，人们已经无意去缅怀或推断，现在他们一边谈着小生继璜一边朝窗外观望着，七里池塘从他们视线里退去了，八里长亭最后一片廊檐也一掠而过，塔县县城就在前面，除了花旦，并没有人看见小生继璜在池塘边徘徊的身影。

塔县的这个戏台又高又大，据说是多年前一个乡里豪绅为他的女眷们特意修筑的，那些女眷嗜戏如命，乡绅干脆就包下了一个戏班子，平时戏班子里的人就住在戏台下面。

戏台下面其实是一间巨大的屋子，里面放了许多床和许多镜子，可以住宿也可以化妆，从前的戏班子住在里面，现在的小剧团来塔县还是住在这里。那天花旦站在人堆里看着人和箱包一起往戏台下面涌，花旦突然尖叫起来，别进去，不能住在戏台下面！剧团的团长厉声呵斥了花旦，你又撒什么娇？到了塔县只能住戏台。他说，别人能住你为什么不能住？花旦脸色苍白，她的目光惊惧地在大屋四周扫来扫去的，她说，这么大，这么空，我害怕。团长说，你就是娇气，我们那么多人住在一起，怕什么？没有鬼的！花旦倚着门委屈地看着她的同伴们，她说，我不是怕鬼，我是怕继璜，我刚才看见他，他真的在池塘边走，他跟着我们！

花旦最近情绪反常，她说话在旁人听来常常是颠三倒四的，剧团里的人都相信演戏演多了人会痴迷，所以没有人留意花旦的那份莫名的恐惧，况且他们都认为花旦的话不可信，除了她，剧团里没有第二个人看见过继璜的身影。

只有小生继华过来拽花旦的旅行袋，他说，我给你去占个好床位，迟了你就只好睡在桌子上了。

花旦说，我怕，我不住在戏台里。

小生继华笑着说，小姐呀你怕什么？那么多人呢，女的睡里面，男的睡外面，中间拉了块旧幕布，这比住招待所有趣多了。

花旦仍然站在门口朝里面张望着，里面的灯突然亮了，原来在一片幽暗中晃动的人影都清晰起来，花旦终于把她的旅行袋交给小生继华，花旦说，夜里不要关灯，夜里一定要开着灯。

你到底怕什么？小生继华说，有我在你怕什么？有什么你喊我一声，见鬼抓鬼，见人抓人，你不用害怕。

花旦以袖掩面扭转过身子，她知道继华在调节她的紧张情绪，她想笑但怎么也笑不出来。我真是见鬼了，我刚才还看见继璜跟在汽车后面，现在又不见了，花旦说，他大概躲在哪儿了吧？他会躲在哪儿呢？

小生继华嗤地冷笑了一声，扔下花旦走了。

那只黑毡鞋是花旦临睡前在床下发现的，花旦刚脱了鞋又要下地，就把两只脚伸到床底下去勾鞋，没想到勾上来一只男演员穿的黑毡鞋，花旦便惊叫了一声，把旁边的女演员都吓了一跳。

一只黑毡鞋，你们看这只黑毡鞋。花旦踢掉了脚上的鞋，大声说，你们快看那只鞋呀！

女演员们围上去看那只鞋，有人把鞋倒扣着摇了摇，说，没什么东西，我以为鞋里有老鼠呢。又有人不满地数落花旦说，大惊小怪地吓人一跳，一只黑毡鞋，肯定是那边道具箱里掉出来的。

不是，花旦脸色苍白地爬下了床，她说，你们没看见那道红边吗？那是继璜的鞋，他跟我演《十八相送》都穿那双鞋，是继璜的鞋，他走时把那套戏装都带走了。

是继璜的鞋怎么会在这里？他也来塔县了吗？女演员们于是再次叽叽喳喳地议论起小生继璜来，每个人都相信花旦掌握着小生继璜出走的秘密，所以女演员们一边交头接耳一边不时地朝花旦瞥上一眼。

十八相送　　137

花旦似乎四处搜寻着什么,她在找另一只黑毡鞋,但没有找到。奇怪,花旦嘀咕着把唯一那只鞋放在道具箱里,锁住了箱子。你们难道不觉得奇怪吗?花旦恍惚的目光扫过女伴们的脸,她说,我说过继瑛一直跟着我们,你们却不相信,现在你们该相信了吧?

可是继瑛他跟着我们干什么呢?老旦高声大嗓地说,他要是想唱戏就回团里来,何必要像个鬼魂似的跟着我们?

花旦默然无语,过了一会儿她像被什么东西刺了一下,从道具箱旁跳过来,挽住老旦的胳膊,你们看那灯,灯丝在跳呀,花旦仰望着天花板跺着脚喊,别关灯,别让灯灭了!

然而电灯恰恰在这时突然灭了,女演员们已经被花旦惊惶的情绪所感染,灯一灭便齐声尖叫起来。有人朝幕布外面的男人们喊道,谁关的灯?快把灯打开!外面的男人们却幸灾乐祸地哄笑着,不知谁把一面铜锣扔了过来,哐当一声巨响把女演员吓得跳了起来。团长在混乱中敲起鼓,敲了一会宣布说,塔县一片漆黑,看来是县里拉了电闸,谁也别闹,都老实睡觉!

黑暗中的混乱渐渐平息,女演员们也安静下来,只有花旦惊魂未定,她始终拉着老旦的手不放。花旦不肯回到她的床上去,最后她钻进老旦的被窝时听见幕布那侧的男演员轮流发出怪叫声,鬼来啦,鬼来啦。女演员都骂开了,花旦捂着耳朵,她想他们叫她反而不怕了。

半夜里下起了淅淅沥沥的雨,花旦睡不着,就专心地听着外面的雨声，她以为夜雨能够催眠，但是雨点打在戏台上就像打在她的耳边，花旦还是睡不着。她记得她从枕下摸到手表，还没看清手表上的时间显示，就听见了那阵奇怪的脚步声。脚步声来自上面的戏台，疾走三步，停顿，缓行三步，停顿，后退一步，然后花旦听见了继璜久违了的深情华丽的唱腔。

  七里池塘送不走戏水鸳鸯
  八里长亭留住了风中杨柳
  我如今欲走还留
  独不见小姐来送行

花旦在黑暗中睁大了眼睛，她去推身旁的老旦：继璜又来了，你听，他在唱《十八相送》。老旦翻了个身，迷迷糊糊地问，他在哪儿？花旦说，就在上面的戏台上，你快听呀。老旦说，我就听见外面在下雨呢，别疑神疑鬼的，早点睡，明天就要演出了。

老旦又睡着了，别人总是不相信她，即使他们听清了继璜的台步，这使花旦感到迷茫而孤单。花旦听见四周围都响着同伴们紊乱的鼾声和鼻息声，难道就没有一个人听见戏台上继璜的声音？有人醒着吗？花旦欠起身子对着黑暗轻声喊了一下。幕布那侧有了动静，一只手电筒的光从幕布缝里挤出来，对着花旦这边晃悠了几圈。花旦知道那是小生继华，她知道他想干什么，但花旦现在无心和他出去干什么。

早晨天刚放亮，剧团的人就被一种尖厉的叫喊声吵醒了，是花旦在戏台上跺着脚尖叫。人们纷纷披衣奔出去跑上了戏台，他们看见花旦站在偌大的戏台中间，双臂环抱着自己的身子在那里哆嗦，你们来看，花旦指着戏台上的一只鞋子喊道，你们快来看，是继璜的鞋！

又是一只男演员穿的厚底黑毡鞋，它被孤零零地遗落在戏台上，鞋面已经被夜来的雨淋得精湿，鞋帮内汪着半寸积水。

团长捡起那只鞋倒掉了里面的积水，他对花旦说，你能肯定是继璜的戏鞋吗？花旦点了点头，她说，继璜的那套戏装就是烂了我也认得出来。团长拎着那只鞋沉吟了一会儿说，他也来塔县了？塔县我认识好多人，他要是在这儿，我就能找到他，可是，可是他这样悄悄跟着我们想干什么呢？旁边有人打断团长的话说，哪儿是跟着我们？继璜跟着谁你还不知道吗？人们于是会心一笑，都转过脸去看花旦，花旦在许多人目光的逼视下双颊陡然飞红，你们别这样看着我，继璜的事跟我没关系，花旦捂着脸说，我们只是戏台上的恋人，我跟继璜没什么关系！

花旦后来独自站在戏台上远眺塔县景色，城外的七里池塘八里长亭清晰可辨，水光潋滟之处柳梢滴翠，那里正是花旦想象中的《十八相送》的布景。花旦记得他们在排演《十八相送》的时候继璜曾说过，这出戏应该去塔县唱。他的话当时听来没头没脑，现在看来却隐伏着玄机。花旦突然想到继璜的去而复返与那出戏有关,十八相送,十、八、相、送,继瑾在那个暴风雨之夜不辞而别,她竟然没有为他送行?花旦想这一年多来她愁肠辗转心如秋水,放不下的就是这件事。花旦凄然一笑,甩了几个水袖,几句哀婉的唱词也在戏台上荡漾开来。

　　七里池塘不见了水
　　奴家的话儿还说不出口
　　八里长亭走到了头
　　郎呀,你的心思才吐了一半

　　剧团在塔县的演出差点砸了锅,起初是花旦称病缩在台下不肯登台,团长看见她脸上画过了戏妆,绣衣只穿了一半,另一半却坚决不肯穿了,团长断定她没病,只是情绪失常,他就挥舞着一根棍子把花旦逼上了戏台。

　　那天花旦与小生继华合演《断桥会》,但花旦穿的不是白素贞的月白色戏装,而是《拷红》里红娘穿的青缎裤,花旦亮相时台下的戏迷便起了小小的骚动,及至后来,戏迷们发现那个台上的花旦神情恍惚,步履踉跄,更奇怪的是她的念唱与《断桥会》毫不沾边,台下的人就一齐大声喝起倒彩来。

　　花旦掩面逃到了后台,团长冲上去想扇她的耳光,看见花旦失魂落魄的样子又忍住了。你撞见鬼啦?团长怒吼道,让你唱《断桥会》,你怎么唱起《十八相送》来了?

　　是十、八、相、送。花旦惊惧地望着周围的人,她说,这回你们看见继璜了吗？他在戏台上，他在跟我唱《十八相送》。

哪来的继璜？是继华在台上。老旦示意众人安静，她走过去摸了摸花旦的额头，半晌无言，后来老旦把众人叫到一边，严肃地宣布了她的发现。花旦患了相思病，老旦说，她肯定患了相思病，她想继璜想疯了。

不管她什么病，这种样子不能登台演戏了。剧团团长最后气恼地挥了挥手，换人，换戏！

花旦的戏目就这样被换掉了，所以在塔县的最后几天里，花旦成了一个无所事事的人。人们注意到花旦美丽的容颜日见憔悴，花旦不再演戏，但她的举手投足一颦一笑比戏台上更显柔弱凄丽。好好的一个人怎么患了相思病？同伴们仍然像以前一样照拂着花旦，但是不再有人愿意听她说小生继璜了。我看见继璜了，你没看见他吗？每当花旦这样问别人，别人就支支吾吾地一走了之。

花旦邀小生继华一起出去逛街，继华犹犹豫豫地推说上午要排练，不难看出继华对花旦的爱慕已经被她的病阻退了。花旦站在门边凝望着继华，转身之际两滴清泪已经挂在腮边，都以为我有疯病，花旦拭着泪说，连你也以为我有疯病，也罢，就算我有病吧，从今往后你们谁也别来理我了。

花旦轻移莲步独自朝街市走去，走出去没多远小生继华尾随而来，继华说，我不排练了，还是陪你散散心吧。花旦只是回过头瞥了他一眼，说，我有病，你为什么还来跟着我？小生继华无言以对，跟在花旦身后走着，突然看见花旦的手从身后伸过来，跷着一颗兰花指，小生继华会心地握住了花旦的手，继华说，你的手好冷。花旦说，我有病，我的手当然冷。继华刚想说些轻松的话题，突然觉得花旦的那只手剧烈地颤索起来，她的声音也在颤索。继璜的手更冷，昨天夜里继璜握住了我的手，花旦说着把整个身体都倚偎着继华，告诉你你又不会相信，夜里他握过我的手，你们不会相信的，继璜他的魂灵一直跟着我！小生继华无可奈何地笑了笑，他知道无论怎么也改变不了花旦的错误，但他还是忍不住刺了花旦一句，你是说继璜死了？他要是不死怎么会有魂灵？花旦这时候突然站住了，双手捂住胸口，求求你别吓我，她说，我不知道他是死是活，我只知道他一直跟着我，十、八、相、送，你懂吗？

他们路过了塔县的旧货市场，他们本来是想穿过旧货市场去路口买水果的，但花旦突然像一根木桩呆立在一个卖帽子的小摊前，脸色苍白如纸，手指着一项旧青纱帽，却说不出话来。继华上去拿起那顶帽子问道，你要买这顶帽子？花旦摇着头，手指仍然指着那顶帽子，过了好一会儿终于叫出了声：那是继璜的帽子！继华一愣，说：你怎么知道是他的帽子？花旦叫：是继璜的帽子，他的戏装我都认得出来，快问问那个卖帽子的人，他从哪儿弄来继璜的帽子？

卖帽子的小贩脾性火爆，他明显懒得回答两个演员的问题，一顶旧帽子，别人卖给我，我卖给别人，你管我从哪儿弄的？小贩从继华手中抢过那顶青纱帽，他说，想买便宜给你了，不买就快走，你们把帽子揉来捏去的，让我卖给谁？

卖给我吧。花旦躲在继华的身后，但她的手伸过去抢回了那顶帽子，花旦把帽子重新放回继华的手里，她说，把它带回去让服装师傅看看，是不是继璜的帽子，我说了你们不相信，他说你们就该相信了。

小生继华记得起初是他抓着那顶帽子，他们朝水果摊走的时候天空突然阴沉下来，他们想买了水果就该回去了，但事情来得那么突然那么神奇，让你来不及细想其中的因由。继华记得他在一筐杏子里挑拣杏子，他把那顶青纱帽随手放在一只倒扣的空箩筐上，就在这时候狂风乍起，他先是看见那顶青纱帽被风卷起来，飞旋了一段距离，紧接着花旦就扔下了手里的满把杏子，抓住它，抓住继璜的帽子！花旦尖声叫着从继华身边冲过去。花旦追赶帽子的身姿让继华万分惊愕，她跑得那么快那么疯狂，继华无法相信那就是他曾经爱慕的柔弱多情的花旦，这个瞬间他忽然意识到花旦对继璜的爱恋有多深，它现在终于变成了疯狂。

小生继华目睹了那件奇事的过程，他看见狂风挟卷着那顶帽子，就像挟卷一片树叶，帽子有几次落在花旦脚下，但花旦始终抓不住帽子，继华觉得风或者帽子比花旦的奔跑更为疯狂，他看着他们一齐在满地黄烟中消失。继华曾经想去追赶花旦，他说他跑到路口暴雨就落下来了，塔县湮没在一片烟雨之中，他根本不知道花旦往哪儿追赶那顶帽子，他不知道花旦跑到哪里去了。

　　花旦一夜未归。剧团的人第二天全体出动去寻找花旦，小生继华带着几个人去了塔县城外的七里池塘，一个捕鱼的老翁说他昨天确实看见过一个手捧青纱帽的女人，但是令人纳闷的是捕鱼老翁声称还有一个男的，他说昨天有一男一女挽着手从七里池塘边走过，昨天风大雨急，但那对男女手挽着手，风把柳树枝都吹断了，却吹不开那对男女如胶似漆的身影。

　　还有一个男的？小生继华脸上布满疑云，他说，那个男的，那个男的不是鬼魂吧？

　　哪来什么鬼魂？捕鱼老翁不满地瞪了小生继华一眼，我亲眼看见他们走过去，哪来什么鬼魂？告诉你了，是两个人，一男一女两个人！

　　小生继华所在的剧团后来再也没去过塔县，这年夏天青衣去塔县探亲，回来时带回了一个惊人的消息，青衣说塔县那个大戏台现在常有一对夫妻档在唱戏，女的就是花旦，男的就是失踪了的小生继璜。青衣最后卖了关子，她说，猜猜他们俩唱哪出戏？众人都说，那还用猜？肯定是《十八相送》。

　　确实不用猜了，现在剧团的人都知道花旦和小生继璜是天造地设的一对好搭档，他们不再去回忆那双黑毡鞋那顶青纱帽以及花旦古怪的相思病了，所有目睹了这场传奇的人都开始相信，有些人的爱情比戏文更缠绵更动人。只有小生继华在别人谈论此事时不为所动，保持着缄默，他对花旦和小生继璜的传说充满怀疑。有一次他忍不住把青衣拉到一边,说,别再编造那对男女的故事了,他们早就成了塔县的鬼魂!

小生继华出语惊人,我们所有人都被他吓了一跳。

(1995 年)

声音研究

他们是在无意之中走到五一广场来的。一个男孩，有着柔软的抹过定型摩丝的头发，穿着蓝牛仔短夹克和蓝牛仔裤，另一个女孩，有着更为柔软更为湿亮的披肩长发，也穿着蓝牛仔短夹克和蓝牛仔裤。他们手牵着手走到了五一广场。十分钟前男孩还坐在附近的电子游艺室里，男孩操纵着荧光屏上的一场模拟拳击比赛，女孩就站在他身后，女孩不停地用手去拉他的衣袖，每拉一次荧光屏上的两个拳击手就像两个木偶撞在一起，男孩忽然甩手给了女孩一记耳光，打不死你？他高声骂了一句，眼睛仍然盯着荧光屏。游艺室里的人都回头朝这里望，女孩捂着脸，向那些家伙们投去恶狠狠的白眼，他们果然纷纷把脑袋转回去了，游艺机的音乐在沉寂了几秒钟后又重新喧响起来。女孩从小皮包取出一面小圆镜和粉饼，对着镜子往脸上敷了些粉霜，然后她突然凑到男孩耳边，低声说，我们吹啦！

女孩走到街上男孩就追出来了，他们拉拉拽拽地在街上走，路过的行人可以听见女孩用许多污辱性的字眼咒骂男孩，男孩一声不吭，他的手执著地拉着女孩不放。女孩后来就不再挣脱了。他们在一家冷饮店门口对视了一会儿，突然安静下来。男孩跑到柜台前买了一个巧克力蛋筒，塞到女孩手里。女孩说了句什么，一边扭着身子一边把巧克力蛋筒往嘴里送，后来他们就手牵着手往广场这里来了。

他们来到广场时已经重归于好，那时女孩刚吃完了冰淇淋，她说，手上黏黏的，难受死了。男孩指着广场上的喷泉说，那儿不是能洗手吗？就这样他们走到广场来了。

广场并不太大，准确地说它只是一个街心花园，说它是花园也不太准确，因为没有树，也没有什么花，只有一圈环形冬青树丛和几张长条椅，还有一个新近出现的青铜雕塑。但是人们都称这个地方为五一广场，那我们就该把它当作一个广场。

他们原先不准备留在广场的，女孩在喷泉下洗完手，附近的一对男女恰巧离开了东边那张长条椅，女孩急忙跑过去抢占了唯一空余的长条椅，过来，这儿有座位，女孩向男孩喊道，过来坐呀！

男孩没有留意女孩，他仰头望着那座高高的青铜雕塑，说，这叫什么艺术？怪里怪气的，是什么东西？

女孩说，你管它是什么东西？快过来坐！

是什么东西？男孩仍然仰着头观察那座铜像，他嗤地一笑，说，是个机器人吧？

你过不过来？女孩的声音显得有些恼怒，她从地上捡起一

声音研究　149

个苹果核朝男孩掷过去，你傻头傻脑地站在那里，看什么呢？

男孩跑过来，挨着女孩坐下。男孩将一只手搭在女孩肩上，脑袋却仍然朝青铜雕塑转过去，他说，你看那雕塑，是个机器人吧？那帮人真他妈会瞎闹，要搞雕塑也该搞个维纳斯嫦娥奔月什么的，怎么搞了个机器人竖在那儿？

你什么眼神呢？女孩扭头瞥了一眼，说，那不是三把钥匙吗？

让你这么一说还真有点像，男孩专注地凝视着雕塑，对，就是三把钥匙，男孩说，真他妈的，怎么弄了三把钥匙竖在那儿？

你不懂，那肯定有什么意思的。

什么意思？男孩扳着手指说，三把钥匙，一把大门钥匙，一把抽屉钥匙，还有一把什么钥匙？是防盗门钥匙？

胡说八道。女孩拧了男孩一把，女孩说，你什么都不懂，人家那是艺术嘛。

那你说，三把钥匙是什么意思？

你没听歌里都这么唱，给我一把钥匙，打开你的心灵，打开心灵，肯定是这个意思。女孩说着忽然想起了别的什么，你见过我表姐吗？女孩说，她以前交过一个男朋友，他就是搞雕塑的，那没准就是他搞的呢。

搞雕塑有什么了不起的？男孩鼻孔里发出一种轻蔑的声音，他说，我最烦那帮家伙了，头发比女人还长，腿比麻秆还细，张嘴就是什么感觉呀线条呀，我看他们是欠揍，你要是跟他们动真格的，他们就尿裤子啦。

你就会动手打人，打人有什么了不起的？女孩用胳膊肘搡了男孩一下。她从包里掏出一颗蜜饯放在嘴里，打人又挣不来钱，女孩说，会挣钱的人才叫有本事，你要是像大头那样会挣钱，我们现在就可以去南方大酒店喝咖啡了，喝完咖啡去吃北京烤鸭，吃完烤鸭去棕榈宫唱卡拉 OK，那多享受呀，那才叫生活。

大头有什么了不起的？男孩沉默了一会儿，说，其实他比驴还要笨，还不是靠他姐姐家有权有势，他那些钱也吓不死人，全是在深圳坑蒙拐骗弄来的。

那你也可以去深圳呀，你怎么不去骗点钱来呢？

深圳的钱现在也不好挣了，你别听他们把那儿吹得天花乱坠的。你闭上眼睛想吧，要是那儿好挣钱，大头他们还回来干什么？

那你说哪儿好挣钱，你说一个地方给我听听。

你烦不烦？男孩突然按捺不住地吼了起来，打不死你，他愤怒地瞪了女孩一眼，然后伸手到口袋里掏出了香烟和打火机。

女孩吐了吐舌头，不吱声了。女孩这次没有真的生气，她把头枕在长椅背上，朝广场四周随意地张望着，她看见对面的广告墙挂着一块牌子，牌子是用大玻璃制成的，上面的液晶显示器不停地闪烁着一些数字：60，65，67，这些数字有时静止，有时跳跃，女孩琢磨了半天也不知道那些数字是什么意思。后来她发现每逢驶过广场的汽车增多,那牌子上的数字就会往上跳,她发现了这个奥秘,但仍然不知道那是一块什么牌子。

大约是下午四点钟光景,辐射在城市上空的阳光开始变得柔软和苍白起来,而远处的高层建筑工地的水泥框格渐渐地从灰色转变为橙红,远远望去就像一只巨大的燃烧着的箱盒,下午四点钟以后广场附近的交通开始变得繁忙,潮汐般的市声沿着街道拥来挤去,最后栖留在广场中心的这块绿地上。一个清洁工人拿着水管开始冲洗广场上的冬青树丛,地面上便很快积起了几个水洼,长条椅上的人们有些坐不住了,先是一对老年夫妇起身走了,后来几个外地人模样的也站了起来,广场上一下子显得清寂了许多。

男孩对女孩说,走吧,我们也走吧。

女孩不理睬他,只是朝他翻了个白眼。

男孩以一种讨好的姿态贴近女孩,他把一只手搭到女孩肩上,另一只手揪住她的一绺头发,他说,老坐在这儿干什么?再坐下去要坐出痔疮来了。

女孩忍不住咯咯笑了,但她仍然坐着不动,女孩说,不坐这儿又能干什么?反正坐这儿比坐在家里强。女孩扭过脸去看相邻长条椅上的那个男人,那个男人正在读一本杂志。他在看什么书?女孩嘀咕了一句,她弯下身子斜转过脸瞟了眼杂志的封面,只依稀看见研究两个字,什么研究?女孩重新坐好了,对男孩说,他在看什么研究,这么吵的地方,他怎么看得进去呢？

男孩不屑地说，研究个狗屁，他是装模作样，肯定在这儿等女朋友。

女孩又扭过头去看西边那张长条椅，她看见有两个人各据长椅一侧，一个是鬓发花白的老年男人，那个老人留着如今已属罕见的山羊胡子，手里拄着一根竹拐棍，另外一个是女人，一个包着花头巾的风姿绰约的年轻女人，他们正在热烈地交谈着，根据他们夸张多变的手势和表情，谁都可以得出这个结论。让女孩觉得奇怪的是他们没有发出任何声音，他们是在无声中热烈地交谈。女孩突然想起她在公共汽车上曾经遇见的一群聋哑人，眼睛便莫名地亮了起来，哑巴，哑巴，女孩对男孩说，快看那两个哑巴，他们在打哑语呢！

这有什么大惊小怪的？男孩说，不就是两个哑巴吗？又不是两个外星人。

我觉得哑语挺好玩的。女孩嘻地一笑，说，那老头也挺好玩的，你看他那把胡子，留那么长的胡子，也不怕长虱子。

怎么会长虱子呢？胡子跟头发一样，也要经常用肥皂洗的，男孩说。

你猜他们现在在说什么？女孩说。

我不知道，管他们在说什么呢。男孩说。

我也猜不出来。女孩的目光专注地盯着那两个聋哑人，她说，用手说话，不用声音说话，哑语真好玩。女孩又捂着嘴咯咯地笑了几声，问男孩道，你猜猜，那两个哑巴是什么关系？

大概是父女关系吧，要不就是爷爷和孙女吧。

不对。女孩摇着头说，他们要是亲人关系就不会这么各坐一头，那多别扭呀。

那就是情人关系，老家伙们搞恋爱都是这么假正经的。

又胡说八道。女孩在男孩嘴角拧了一把，你一点也不会看人，什么事都往歪处想，女孩数落着男孩，目光却仍然被两个聋哑人的哑语所吸引，你看那老头的手，翻来倒去的，他在说什么呢。

管他说什么呢，男孩不耐烦地站了起来，他说，别在这儿看两个哑巴了，我们去录像厅看录像，有言情片，你爱看的。

我不看录像，我就在这儿看他们，我爱看哑巴说话。女孩说。

邻近长条椅上的男人这时候抬起头朝他们扫视了一眼，他已经不止一次地投来这种目光了，目光中明显地含有厌恶和谴责的意味。他大概觉得男孩和女孩的声音扰乱了他的阅读。男孩察觉到他的敌意，便用一种挑衅的目光瞪着对方。四目对峙的结果是那个男人挟起杂志站起身来，他慢慢地走过男孩和女孩身边，突然站住，他抬起手指着对街广告牌中的那个玻璃屏幕，你们知道那叫什么？男人古怪地微笑着说，那叫噪声显示器，现在的噪声是六十五分贝。

男人说完就匆匆离开了广场。女孩和男孩一时都愣在那儿，眼睛凝视着噪声器上的绿色数字，噪声器？六十五分贝？女孩茫然地说，那家伙为什么告诉我们这些，什么意思？

男孩嗤地一笑，望着那个男人的背影骂了一句：傻×！

天色渐渐地黯淡了，附近百货公司的霓虹灯率先亮了起来，环绕广场的马路上车流更显拥挤和嘈杂，远远地看过去，广场的那一小块绿地就像一个孤岛。

现在广场上就剩下了男孩和女孩，还有那两个用哑语交谈着的聋哑人，女孩几乎是强制性地把男孩拉到了邻近聋哑人的长椅上。女孩对哑语充满了好奇，她很想弄清楚两个聋哑人的谈话内容。

你看那女人的手，你猜出来了吧，她在说些什么？女孩压低了声音说。

你不用低声细气地说话。男孩说，没听说十个哑巴九个聋吗？你说什么他们都听不见的。你就是骂他们他们也不知道。

女孩捂住男孩的嘴不让他说话。女孩的目光仍然死死地盯着两个聋哑人的手，是四只手，两只苍劲的动作沉稳的手属于那个老人，两只柔韧的翩翩舞动的手属于那个包花头巾的女人。

一辈子用手说话，真不知道是什么滋味。女孩突然叹了口气，她说，我小时候发过一场高烧，我母亲说要不是高烧退得快，我说不定也变成一个哑巴了。

做哑巴也没什么不好，男孩说，你要是用哑语骂我，我也不知道。

女孩捶了男孩一拳，她说，我不要听你说话，我要听他们说话。女孩说着把脑袋转向长椅的背面，实际上她现在离聋哑

声音研究　　155

人的手已经是咫尺之遥了。老人停止了他的手语,他朝女孩看了一眼,女孩朝他莞尔一笑,老人便也笑了。包花头巾的女人也朝女孩投来匆匆一瞥,女孩又挤出一张笑脸,但聋哑女人不为所动,她朝女孩摆了摆手,女孩猜到了她的意思,但一个手势并不能让女孩离开,女孩根本就不想离开,她觉得她快要明白他们的手语了。

我明白了,女孩突然高声叫起来,她对男孩说,我明白了,他们在谈论那女人的儿子,她的儿子不是哑巴,她的儿子能说会道,她的儿子是一个播音员!

你在胡猜。男孩说,哑巴的儿子做播音员,这倒真好玩了,你怎么不说她儿子是相声演员呢?

不是猜的,我真的弄明白了,女孩说,她儿子肯定是播音员,不信你去问他们。

男孩说,我怎么问?我又不会哑语。

两个聋哑人再次停止了他们的手语。他们没有再看男孩或女孩一眼,他们只是突然静止下来,一动不动地坐着,过了一会儿包头巾的女人从她身上找出了一张纸和一支笔,她在纸上写了什么,然后递给了女孩。

女孩接过纸条便看见了那排端正而秀丽的字:请你们安静些。

男孩也凑过来看那张纸条,男孩说,十个哑巴九个聋,奇怪,他们怎么听见我们在说什么?他们怎么知道我们不安静?

女孩脸色绯红,女孩把纸条折成细细的一条抓在手上,都怪你不好，她对男孩说，你为什么非要大喊大叫地说话？

奇怪，我为什么不能大喊大叫？男孩说，我又不是哑巴，我想喊就喊，想叫就叫，这是我的自由。

女孩脸色绯红，她看了看两个聋哑人的背影，她觉得他们在静止不动的时候有一种说不出的威严。女孩对男孩说，我们走吧，我们该走了。

女孩拉着男孩的手走到广场的边沿，在穿越马路之前她回过头朝绿地里的两个聋哑人望了一眼，她看见他们的手又开始活动起来，他们的手语在暮色中发出某种寂静的声音，女孩说，他们还在说话，他们怎么有这么多的话要说呢？

男孩也回过头去，他说，就兴他们说话，不让我们说话，要不看他们是哑巴，看我怎么收拾他们。

女孩厌恶地看着男孩，突然甩开了他的手，说，请你安静些，请你安静些好不好？

你说什么？你也不准我说话了？男孩的表情急遽地变幻着，最后他哈哈笑起来，说，都成哑巴啦？你们要安静我偏不安静，让我喊一嗓子给你们听听。

后来男孩松了松皮带，蹲下来运了一口气，男孩突然张大嘴，发出一声尖利的冗长的狂叫，男孩张大了嘴，整个脸部因为充血过度而涨得通红，他听见自己的狂叫声像一架飞机回旋在城市上空，他还看见了那个噪声仪，在他制造的声音里，噪声仪显示的数字不停地跳跃上升，65，70，75，80，最后停留在90分贝。

声音研究

男孩后来告诉别人,九十分贝是人声的一个极限。我们对声学缺乏研究,我们不知道他的话是真是假。

(1996 年)

表姐来到马桥镇

表姐站在我们家的镜子前，镜子里映现出一个城市女孩矜持而散淡的面容，你说不清那张脸是美丽还是丑陋，表姐有着一双小镇人最推崇的乌黑的大眼睛，还有接近于传说中的樱桃小嘴那样的——嘴，但是不知怎么搞的，表姐的整个脸部都长满了暗红色的粉刺。

我看见表姐贴近了那面镜子，她用双手捂住脸，对着自己的影子研究着什么，突然莞尔一笑，我知道女孩子们都喜欢在镜子前搔首弄姿，这没有什么奇怪的。但表姐不一样，她在镜子里的表情像梅雨季节的天空一样变幻无常，我觉得她的微笑只是为了给哭泣作准备，她竖起右手食指在脸上指指点点，很快一切都不对劲了，她朝镜子呸地啐了一口，然后捂住脸呜呜地哭起来了。

不管表姐对我们的小镇抱有什么样的偏见，镇上的人们都是可以忽略不计的，事实上他们对每一个来自城市的客人都怀有盲目的热情。那年春天当表姐手执一只蝶形风筝走过镇中心的砖塔时，不知有多少双眼睛直勾勾地盯住她看，看她蒙住大半张脸的白口罩，看她身上的那件仿水貂皮大衣。你知道，我们小镇的生活，世世代代都是朴素务实的，口罩和皮毛制品在我们眼中代表着时髦和奢华。而我因为像一个忠实的卫兵紧随表姐前后，几个妒火中烧的男孩突然从砖塔后面冲出来，向我发起了一场袭击：他们抢走了我的军帽，他们把我的军帽扔来扔去的。这是对我的污辱，我知道它的根子在哪里，我并不指望表姐帮我干什么，但是在夺回军帽的过程中。我下意识地扭过头朝她那儿看了几眼，不知为什么，表姐当时的姿态和眼神后来一直留在我的记忆中。

表姐无动于衷，她的乌黑的眼睛在口罩上方漠然地注视着我，还有我的那些敌人，我看见她一只手握着蝶形风筝，另一只手抓着线筒，她的眉毛拧弯了，这是厌烦的表现，我不知道她是厌烦我还是厌烦我的敌人，反正我记得她皱了皱眉头。后来她对我说，你们怎么这样？这句不咸不淡的话是表姐对帽子事件的唯一的评论，我不知道表姐是在谴责谁，但我想是他们抢了我的军帽，表姐总不该谴责我吧？

我们准备去油菜地里放风筝，那是我们小镇生活中唯一让表姐赞赏的部分。我们穿越小镇北端羊肠般的小街，一个妇女突然从房子里蹿出来，一把抓住了表姐身上的仿水貂皮大衣，问，你这皮衣在哪儿买的？受惊的表姐闪躲到一边，她不说话，而我把那个愚蠢的妇女狠狠地抢白了一顿，我说，在哪儿买的？东京，告诉你你也去不了，你去得了也买不起！那妇女缩回到门洞里，讪讪地说，我以为是在县城买的呢。东津？东津县可够远的。

你们怎么这样？表姐的声音从口罩后面慢慢地钻出来，我仍然不知道她在责怪谁，我想我有义务保护她的大衣，要是谁都来抓几下摸几下，大衣上的银色灰色的毛毛不就会掉光了吗？

镇外的油菜地已经开花了，你可以想象一个城市女孩面对油菜花、蝴蝶和池塘，迎面吹来的风带有新土草芽的清香，你想想她会多么的忸怩作态或滥于抒情。表姐不是那种女孩，她不说话，但我看见她摘下了口罩，对着春天的乡野景色露出了赞许的微笑。阳光现在率直地投在表姐的脸上，也照亮了她脸上所有暗红或褐色的粉刺，不知为什么，当我第一次在野外的阳光下看见那些粉刺，我的心里有一种莫名的隐秘的欣喜。那时我还不懂得掩饰自己，因此突然低下头嬉笑起来，我听见表姐在说，你笑什么？有什么可笑的？我不敢抬头，拿起风筝胡乱比划了几下说，谁笑了？我准备放风筝啦。我不知道表姐为什么对我的嬉笑不依不饶，她走过来抓住我的风筝说，你笑什么？给我说清楚，不说清楚不准放风筝。

我觉得这种不依不饶的脾气使表姐变得很讨厌，她一定猜到我在笑什么了，否则她的脸色不会这么愠怒。我站在油菜地边张口结舌，粉、刺，这两个字差点就脱口而出了，恰好在这时我们身后的土路上响起了自行车的铃铛声，我回过头，看见铁匠老秦的三个女儿挤在一辆自行车上，棉花骑着车，瘦小如猴的稻子和玉米一个坐在车杠上,一个坐在后架上,她们都侧过脸直勾勾地盯着表姐,自行车便摇摇晃晃地朝路边的柳树撞过去了。

表姐惊叫了一声,但余音未落棉花她们已经从地上爬了起来。棉花伸手在膝盖上拍打了几下,仰起脸朝我笑着说,你们家的亲戚呀?我没有搭腔,我就不愿意跟铁匠老秦家的人说话,况且说的又是废话。棉花一点也不知道自己说的是废话,她又羞答答地望着表姐说,你是他家的亲戚呀?表姐点了点头,在陌生人面前她又端出了一张矜持冷淡的面孔,但我发现她的眼光像朝鲜电影里的女特务一样鬼鬼祟祟的,她似乎很想研究棉花的脸,而天生的傲慢又阻止了这种欲念,因此表姐的眼光真的就像女特务一样鬼鬼祟祟的。

我不知道棉花那张红扑扑胖乎乎的脸有什么值得多看一眼的,男孩子通常称它为柿子脸,我问表姐,还放不放风筝?她说,等一会儿放。这么说着她的眼睛又朝棉花的柿子脸瞟了一下。棉花就趁机又说了句废话,你们放风筝呀?

稻子和玉米当时站在一边,痴痴地望着表姐,稻子把肮脏的小手含在嘴里,但我知道那个泥猴似的小女孩会对表姐有所企图,未出我的预料,稻子突然吐出了她的小手,那只小手伸向表姐的仿水貂皮大衣,揪住了一绺灰白色的纤维,稻子大叫道,你怎么把老虎皮穿在身上呢?玉米跟在后面拉住稻子的手,老虎皮不能穿,这是豹子的皮,玉米一边纠正稻子,她的手也很不老实地在表姐的大衣上摸了一把,玉米还假充世故地问，都春天了，你穿着豹子皮不嫌热吗？

表姐没有理睬她们，你能看出来她很讨厌两个小女孩乱摸乱抓的，但她只是顺手在她们摸过的地方捋了几下。表姐没说什么，是棉花冲上来给妹妹们一人一记巴掌，棉花对表姐说，没弄坏你的衣服吧？表姐摇了摇头。棉花站在那儿，扭了扭身子，又说，要是弄坏了你的衣服，我们赔都赔不起。

你别以为棉花对表姐的毛皮大衣就不感兴趣，她其实不比稻子玉米她们强多少，当我举起风筝率先冲进菜花地时，回头一看，棉花正弯着腰站在表姐的身旁，她不知对表姐说了什么，表姐让她弯着腰欣赏仿水貂皮大衣，不，是让她嗅那件大衣。我似乎看见棉花的鼻孔大惊小怪地一张一吸，我猜棉花她无法鉴定那种皮毛的类属，她这样嗅来嗅去的，大概是想弄清城市女孩有什么气味吧。

第二天放学回家，我一眼看见了门口的青草篮子，镇上那么多户人家，只有棉花家喂兔子，我知道是棉花来了，来干什么呢？我管不了那么多，就在青草篮子里埋了一块大石头。

棉花像一个小偷似的从表姐住的厢房里闪出来，她冲我做出一个笑脸，放学啦？她知道我是不理睬她的，又朝厢房里的表姐喊道，我走了，你坐着吧。其实不用她说表姐也肯定在厢房里坐着的，我看着棉花在我家愚蠢地转了一个圈，然后拎起青草篮子风风火火地走了，她甚至没有觉出篮子里那块石头的重量。

表姐坐在镜子前读书，我不知道她为什么要对着镜子读书，也许她想利用一切机会观察粉刺的发展情况吧。她手里的那本书也显得来历不明，封面没有了，纸页都已经发黄磨烂了，她不让我碰那本书，我猜她心里有鬼，那肯定是一本什么坏书。

棉花来干什么？我说。

没干什么。表姐从桌上拿起一根黄瓜，她说，她给我送来一根黄瓜。

送黄瓜干什么？谁还没吃过黄瓜？我说，你别理棉花，她家的人脑筋都缺一根弦。

她缺一根弦？你就那么聪明吗？表姐说。

我听出表姐的语气不对劲，她就是这种乖戾多变的脾气，你要是想拍马屁不小心就拍到马蹄子上了。

那天傍晚表姐帮着我母亲做晚饭，我听见她们在谈论棉花，表姐对棉花的评价简直让我摸不到头脑，她说，棉花很聪明，棉花很懂事，她还说，棉花的皮肤很好，虽然黑了一点，但黑里透红，看上去多健康呀。

现在回想起来，我做表姐的卫兵其实只做了寥寥几天，我的位置很快就被铁匠家的女孩棉花挤占了，当然我也不很计较这事，一个男孩天天像跟屁虫一样跟着女孩，本来也没什么荣耀。让我疑惑的是我们镇上有许多女孩渴望陪伴表姐，表姐为什么独独挑中了棉花？要知道镇上的女孩对棉花一直是嗤之以鼻的。

棉花天天跑到我家来，她的青草篮子天天都丢在我家门口。棉花告诉铁匠老秦她去割草，但她在野地里三心二意地割了几把草，拎着篮子就偷偷跑我家来了。她每次都把一根或两根黄瓜藏在青草下面，我不知道那是什么意思。棉花和表姐在厢房里窸窸窣窣地说话，我也猜不出她们在说些什么。有一天我怀着一种类似捉贼的心情隔窗窥望，结果就看见了她们可笑而古怪的秘密。

表姐坐在镜子前，她的脸上贴满了一种绿色的小圆片，很快我看清那不是什么化妆品，那是切得很薄的黄瓜片，我看见棉花一边切一边把黄瓜片往表姐的脸上敷贴，不仅仅是厢房里诡秘的气氛让我惊悸，表姐脸上的那些黄瓜片也让我头晕目眩，你想想吧，一个人的脸敷满那些黄瓜片会是多么怪异，那天表姐在我眼里就像一个鬼魂一样，所以我哇地大叫了一声，然后转身就逃走了。

据我所知，现在的城市女性已经开始使用黄瓜制品保养皮肤，商店里正在公开出售几种黄瓜洗面奶什么的东西，但是多年以前表姐以黄瓜片敷面的举动被我们家视为异端，我母亲认为她是在作践自己的皮肤，你怎么去听棉花的鬼话？那女孩疯疯癫癫的，她懂什么呢？母亲看表姐的脸色有点难堪，便换了一种方法开导她，母亲说，粮店里的素兰以前脸上长满了粉刺，可结了婚嫁了人粉刺就全褪了，现在谁见了素兰不夸她脸蛋漂亮？粉刺这东西又不是天花麻子，到时候自然就没有啦。

表姐没有听完母亲的疏导，她突然站起来跑进了厢房，木门的碰撞和插门闩的声音充分宣泄了她的恶劣情绪。我发现表姐最恨别人当她面说到粉刺这两个字，她肯定是以为别人在嘲笑她吧。我觉得她这种态度有点蛮不讲理，好像她的粉刺是国家机密似的，不管谁都无权提及。还有一点我也很有意见，表姐从城市来，照理该给我带些礼物，但她什么也没送我，不送也就算了，可我亲眼看见她把一盒包装精美的什么糖果塞在棉花的篮子里，那个可恶的柿子脸女孩，她嘴上说不要不要，最后还不是把那盒糖果拿回家了？

　　我当时认为棉花跟表姐这么热乎就是想混点糖果什么的，但后来发生的一件事完全改变了我对她们关系的看法，这件事也把表姐在我们小镇逗留的日子打满了问号。

　　那天早晨表姐告诉我母亲她要去冯镇，中午不回家吃饭。母亲觉得很纳闷，她说，冯镇离这儿二十里地呢，你去那儿干什么？表姐说，不干什么，去玩。母亲说，冯镇就一条街，什么也没有，有什么可玩的？表姐的脸上立刻又有了受迫害的表情，她阴阳怪气地说，一条街也可以玩嘛。我母亲想到了什么，又是棉花来邀你的吧？母亲说，棉花那女孩缺心眼，鬼知道她带你去干什么呢。表姐这时候已经戴上了她的口罩，她说，你们不都说她缺心眼吗？反正她也不会把我卖了，她陪着我我放心。

　　棉花已经推着她家的自行车等着表姐了。我看着表姐跳上了自行车后架，两个女孩的背影亲昵地叠合在一起，一起消失在春天的晨雾中。我觉得她们的冯镇之行很神秘,尤其是棉花,她的柿子脸上充满了无以言表的快乐,我注意到棉花那天又穿上了过年的新衣服。

对于我们家来说,那是一个令人忧心忡忡的日子。午饭时分天气突然变了,一场典型的春雨开始在我们小镇上空噼噼作响,不用说二十里地以外的冯镇肯定也在下雨。你知道遇到这样的天气,屋顶下的人们都会为出门的亲友担心,我母亲在家里坐立不安,她一边埋怨天气一边埋怨棉花,她说,没见过这么缺心眼的女孩,下雨天带她去冯镇,我就知道跟着棉花没有好结果。我觉得母亲这么说也不对,腿不是长在表姐的身上吗?再说表姐跟棉花鬼鬼祟祟的,谁知道她们去干什么秘密勾当呢?

大约是下午三四点钟的时候,雨还在下,表姐突然冲进了我家,她的口罩耷拉在耳朵下,露出了湿漉漉的似哭非哭的脸,她的那件仿水貂皮大衣被雨水洗出许多沟沟坎坎,看上去也是湿漉漉的似哭非哭的。表姐就这样从冯镇回来了,她径直扑到厢房里,扑在床上高声呜咽起来,我母亲吓坏了,她看见棉花推着自行车站在雨地里,棉花正朝我们家张望,但我母亲顾不上去盘问她了。怎么啦?出什么事了?母亲一声高过一声地问表姐,她想把表姐的头部从床上搬起来,但表姐的脸死死地抵住了一只枕头,母亲无法搬动她,只是听见她的一串含糊的令人迷惑的哭诉。

她骗了我。表姐说,她骗,我,骗,我。

你说棉花骗了你？她怎么把你骗了？她把你带到哪儿去了？

她说她带我去治……刺……，表姐说，她为什么要骗我？冯镇根本没有……粉刺……医生……

我们直到此时才知道表姐去冯镇的目的，我听见母亲长长地舒了一口气，现在表姐的哭泣不再使我们紧张了，母亲的焦虑也被一种好奇感所替代，冯镇没有治——冯镇没有医生？母亲说，那你们在那儿干什么呢？

她骗了我。表姐仍然啜泣着说，她把我领到她外婆家，领到她舅舅家，还有她姨妈家，她让他们看我身上的大衣，好像我是什么展览品，她怎么能这样……怎么……这样……

我母亲差点想笑了，但她大概不忍心，我看见她用手胡乱地指着窗外说，这个臭棉花，我就知道她干不出什么好事来，要是告诉老秦，看不把她揍扁了！

窗外的雨仍然淅淅沥沥地下着，我看见肇事的棉花仍然站在我们家门外的雨地里，她已经淋成个落汤鸡了，我不知道她还站在这里干什么。看见我她想迎上来，她说，你表姐生我气啦？我朝她挥了挥手说，你还不快走？你脑子有病啊？棉花就往后退了一步，她说，你表姐哭了？我说，你还指望她在笑？你脑子有病啊？

我看见一种负罪的绝望的表情爬上棉花的脸，她的蒜瓣形的鼻翼首先抽搐起来，她的嘴角向下沉没，嘴唇左右摇晃，然后棉花大声地呜呜哭起来，她一边呜呜地哭着一边骑上自行车回家去了。我从来没见过像棉花这样一边哭一边骑车的女孩。

我记得表姐离开我们小镇时棉花也来了，我完全可以说棉花是一个不识时务的人，她自以为是表姐的朋友，但表姐甚至懒得朝棉花看上一眼。表姐坐在长途汽车临窗的位子上，她一直忙于挪移脸上的那只口罩，顾不上多说什么话。我看见她的乌黑的眼睛，从那种散淡的目光中不难发现她的心已经提前离开了我们的小镇。这是没有办法的事情，你知道表姐属于一个著名的繁华的城市，她到我们这儿只是来走亲戚的。

棉花起初远远地站着，我以为她会一直那样傻乎乎地站着，但司机揿响第一声喇叭时，棉花像是被什么刺了一下，她朝汽车窗边奔跑过去，我看见她把一个小布包塞给表姐，表姐想推开它，她们隔着车窗把小布包推来推去的，但不知是因为棉花的力气大，还是因为别的什么，表姐最后收下了棉花的那包礼物。

小布包里是什么？我不说你可能也猜到了，是新鲜的刚刚摘下的黄瓜。我看见一根黄瓜从布包缝里掉出来，落在地上，我特意走近了检查那根黄瓜，不是别的，就是一根新鲜的刚刚摘下的黄瓜。

穿仿水貂皮大衣的表姐一去不回，她曾经给我们来过信，信也写得像她人一样懒洋洋的，让我不满的是信封的地址也写错了，她竟然把我们的马桥镇写成马娇镇，马怎么会是娇的呢？这简直莫名其妙。

表姐的信中没有提及棉花的名字，提及棉花的名字就让人联想到黄瓜、粉刺以及可笑的冯镇之行，我猜那是表姐永远忌讳的事情。

城里的表姐一去不回，镇上的棉花仍然在我们镇上，有一天我拿了一口锅去找铁匠老秦补锅，走到他家门口就看见棉花冲了出来，棉花说，你表姐有信来吗？没等我回答，她嘿嘿笑起来，她指了指自己宽大的前额，用一种欣喜莫名的声音说，看见这儿了吗？一颗疙瘩，我跟你表姐一样，我也长了疙瘩啦！

（1996 年）

告诉他们，我乘白鹤去了

儿女们没有见到过那只白鹤，他们的年纪都不小了，可是没有谁见到过白鹤。老人说每天黄昏那只白鹤会到水塘边饮水，长长的嘴巴浸在水中，松软的羽毛看上去比新轧的棉花更白更干净，它就站在离核桃树三步远的地方饮水，有时候青蛙从水草丛中跳到岸上，它就扑开翅膀飞走了，有时候牛在地里哞哞地叫起来，它就扑开翅膀飞走了。春天以来老人一直在向儿女们叙述仙鹤饮水的情景，但儿女们说他们就在水塘边灌溉耕地，他们从来没见过什么白鹤。

老人就站在离核桃树三步远的地方，弯着腰背着双手观察白鹤在水塘边留下的痕迹，他想要是白鹤留下几对足印或者一片羽毛，他就可以证明它来过了，可惜的是白鹤来去匆匆，什么也不肯留下。即使这样老人也不会怀疑自己的眼睛。他的一生都依赖自己的眼睛看天气，看庄稼，看人来人去，他的眼睛到了七十三岁仍然清朗明亮，谁要是说他老眼昏花，那他自己才是瞎了眼呢。

老人绕着核桃树踟躅了几圈，抬头望树，树枝和树叶上也没有留下白鹤的羽毛,老人长时间的仰着头,脖颈有点酸了,他就按住自己的脖子,慢慢地倚树坐下来。又是黄昏,天边的云朵像一堆未被燃尽的柴堆,他所熟悉的原野、孤树、池塘和房屋又发出一种低沉的叹息声,这种声音只有他能听见,儿女们有耳朵,但他们是听不见这种声音的,他们不相信天黑前的家园会发出叹息。老人在树下坐着,他摸出旱烟袋吸了几口,一阵剧烈的咳嗽声从喉咙里滚出来,他觉得背后的树也被他咳得摇摇晃晃了。或许在烟的事情上儿女们说得对,女儿说他的身体一半是毁在烟上,或许是不该再吸烟了。老人把烟袋里的烟丝倒在地上,很快又捡起来,他想我这是怎么啦,真的是老糊涂了吗?不吸就把烟丝留在烟袋里,怎么把好端端的烟丝倒掉了呢?

老人坐在核桃树下,脸上久久凝结着一种自责的表情。池塘对岸翻地耕种的人们早已经走了,儿女们不在那儿了,除了大片翻起的黑土块,除了从土地深处发出的那种叹息声,四周一片寂静,连原野尽头的太阳也寂静地往地上沉落。老人想等会儿天就黑了,天一黑儿女们就要来喊他回去吃晚饭了,他们对他还不坏,没有嫌他老来多病,但他们只会对他说,爹,回家吃饭了,爹,上床睡吧。他们根本不知道他的心思。他的心思谁知道?核桃树是知道的,核桃树下的白鹤也是知道的,它们不会说话,它们就是说给儿女们听,他们也听不明白,他们根本就不相信那只白鹤在池塘边饮水嘛。老人远远地听见家里人喊他的声音,他站了起来,在离开核桃树之前,他捡起一根树枝，在池塘与核桃树之间的地上来回走了几步，最后他用树枝在泥地上画了一个很大的圆圈。

一个小男孩在池塘边捉泥鳅，一个小女孩在核桃树下捕蝴蝶，他们是老人的孙子和孙女，老人带他们来看白鹤，白鹤的踪影迟迟不见，而老人靠着核桃树睡着了。

白鹤怎么还不来呀？小女孩没有抓到蝴蝶，就伸手去抓老人的耳朵，你说白鹤在池塘边喝水，我怎么没看见白鹤呢？

太阳烧得正旺呢，白鹤还不会来。老人睁开惺忪的双眼望了望天空，他说，太阳一下山白鹤就会来的。

白鹤住在哪儿？住在大山里吗？小女孩问。

不是，白鹤从很远的地方飞来，又飞到很远的地方去。老人说，连我也不知道白鹤住在什么地方，大概在一千里之外吧，白鹤住在我们看不见的地方。

小男孩抓到了一条泥鳅，他用衣服包住泥鳅，跑过来向老人展示他的战利品，我抓到了一条泥鳅。小男孩对他祖父说，你把泥鳅切碎了扔进水里，那只大鸟就会来的，大鸟最喜欢吃泥鳅。

那不是大鸟，老人说，是白鹤，白鹤是最吉祥的鸟，白鹤飞到哪儿，哪儿就有一个人乘着白鹤到天堂去。

你要乘着白鹤去天堂吗？小男孩问。

我想乘着白鹤去天堂，可我不知道白鹤肯不肯驮我去。老人唇边掠过一丝悲凉的微笑，他站起来沿着地上划出的圆圈走了几步,他说,不是什么人都能乘上白鹤的,我也不敢想我能乘上白鹤,可我说什么也不会让他们把我拉到西关去。

他们拉你到西关去干什么?小男孩说,谁要把你拉到西关去呀?

西关有个火葬场。老人对孙子比划了几下,嘴里发出毕毕剥剥模拟火焰的声音,他说,人到了西关就化成一股黑烟,看着你爹你叔叔你姑姑他们吧,等我一死他们就会把我拉到西关去,他们商量好了,他们要送我去火葬。

你不想去就不去呗,小男孩话一出口就知道自己说错了,于是他咯咯地傻笑起来,你要是死了就不能动了,我明白了,小男孩说,你要是死了,他们想拉你去哪儿就去哪儿。

对了,他们想拉我去哪儿就去哪儿。老人摸了摸孙子的头发,忽然剧烈地咳嗽起来,老人揪着自己的喉部,一边咳嗽着一边说,我让他们……长成……人……他们……要……把我变成……烟。

小男孩发现祖父的眼睛里突然噙满了泪,他用手去抹了抹祖父的眼睛,你别怕,小男孩想了想安慰祖父道,他们是吓唬你的,人怎么会变成烟?人不会变成烟的。

人会变成烟,老人终于止住了咳嗽,老人一动不动地靠在核桃树上说,人是会变成一股烟的。

春天午后的阳光照耀着祖孙三人,蜻蜓在池塘的水面上飞,粮食种子在池塘边的泥土下生根发芽,蒲公英在路边开出了黄色的小花,那些年幼的生命都环绕着七十三岁的老人飞翔

告诉他们,我乘白鹤去了　177

或者生长，老人朝它们挥了挥手，他靠在核桃树上又闭上了眼睛，但他刚睡着就被孙女的声音吵醒了。

小女孩跳到地上的大圆圈里蹦着跳着，她大声说，为什么要在这里划一个大圆圈呢？

别在里面玩。老人睁开眼，他朝孙女摇着头说，那是爷爷的地方，你们别在里面玩。

这是你睡觉的地方吗？小女孩说，家里有床，床上才是你睡觉的地方呢。

等爷爷死了就不能睡家里的床了。老人摇着头说，爷爷只能睡在这儿，就连这儿也睡不成，他们会把我拉去西关的，你爹你叔叔你姑姑他们，他们肯定会把我拉去西关的。

你要是把自己藏在这里，他们找不到你就不会拉你去西关了。小男孩眼睛一亮，忽然拉住祖父的胳膊说，你要是钻到地下死了，他们找不到你，你不是可以永远躺在这里吗？

不能躺在这里，小女孩尖声说，这里没有床，还会有毒蛇来咬你的。

老人转过脸凝望着孙子，他把小男孩揽到怀里说，你刚才说什么？让我钻到地下去死？那是个好办法，可我怎么能钻到地下去呢？

活埋。男孩眨巴着眼睛想了一会儿，大声说，活埋就是挖个坑，把人埋进去，再把土盖住，你喘不出气来就会死，这样你不就钻到地下去了吗？

聪明的孩子。老人的身子哆嗦了一下，他的眼神黯淡无光,所以他的笑意看上去凄苦而无奈,多么聪明的孩子,老人紧紧地搂住孙子说,可是谁来给我挖这个坑呢?爷爷年纪大了,力气没了,挖不了这个坑,谁肯来为爷爷挖这个坑呢?

我来挖,男孩说,我会挖坑!

我也会挖坑!女孩也在旁边惟恐落后地叫起来。

你们太小了,老人推开了孙子,一边揉着眼睛一边埋下头来说,挖坑是个力气活,你们干不了的。

干得了,我挖过坑的。男孩在焦急之中暴露了一件秘密,他附在祖父的耳边说,你记得三叔家的那头羊吗?那头羊不是走丢的,是被我活埋的!

老人下意识地伸出手去,他想揪孙子的耳朵,但手伸出去后便疲乏地落下来,落在膝盖上,老人的手在膝盖上哆嗦着,他说,埋羊和埋人不是一回事,羊是牲畜,可爷爷是一个人,爷爷还是一个活人呀。

人也一样嘛,把坑挖大一点不就行了吗?男孩说。

可是你怎么能把爷爷活埋了呢?我是你爷爷,没有我就没有你爹,没有我也就没有你,你怎么能把你亲爷爷活埋了呢?老人捂着胸又咳嗽了一通,他卷起衣角抹了抹眼睛,说,那不行,你爹知道了非揍死你不可。

只要我们保密,他们就不会知道。男孩回头看了眼他的妹妹,他说,你别担心她,她不敢说出去的,她要敢说出去,看我不揍死她。

老人笑了笑,他不再说话。他闭起眼睛想着孙子的那一番话，老人的嘴角上残存着那丝宽和的微笑，但他知道眼泪正在不知不觉中流出来，他听不见眼泪滚落的声音，只听见四周的土地仍然散发着沉沉的叹息声。

男孩把手放在老人的鼻孔下试了试，他说，爷爷，你还在呼吸吧？

我还在呼吸，我还活着呢，老人仍然闭着眼睛靠在核桃树上，他说，带你妹妹到池塘那边去玩吧，别太吵，你们不是想看白鹤吗？太吵就会把白鹤吓跑的。

小男孩带着小女孩跑到池塘那侧捉泥鳅，他们站在一条新开的沟渠里忙乱了一会儿，没有再捉到一条泥鳅，却看见沟渠里扔着一把铁镐和一把铲子，不知是谁在挖好沟后忘在那儿了。小男孩起初没在意那两件农具，但是在不见白鹤也不见泥鳅的情况下，他觉得很无聊，后来他就捡起了它们，一手拖着铁镐，一手拖着铲子朝核桃树下走去。小男孩一边走一边对小女孩说，你什么都不懂，爷爷害怕火葬，他不想被火烧成一股烟，他想把自己埋起来，埋人一定要先挖一个坑！

他们走到核桃树下时发现老人睡着了，老人睡梦中的脸让兄妹俩想起了冬天里丝瓜架上的最后一条丝瓜，兄妹俩站在地上的那个大圆圈，他们朝老人看了一会儿，又互相小声地嘀咕了一会儿，后来哥哥就模仿大人挥起铁镐，在大圆圈的中心挖下了第一块泥土。

铁镐的声音再次惊醒了老人，老人睁开眼说，我让你们别吵，怎么还在这儿吵？白鹤会被你们吓跑的。

没有白鹤，小女孩说，爷爷你骗人，我爹说你老眼昏花，把池塘里的鹅当成白鹤了。

白鹤会来的。老人抬头望了望天空，他说，太阳还很高呢，等太阳落山白鹤就会来的。

小男孩把铁镐藏在身后，把铲子踩在脚下，他看见老人的目光轻易地找到了它们，突然黯淡，突然又亮了。老人凝视着那两样农具，一直喘着粗气，小男孩便有点惊慌失措，他说，是你自己要活埋的，你可不能去跟我爹告状！

我不告你的状。老人笑了笑，垂下头用手揉着眼睛说，我睡糊涂了，睡这么会儿就把自己的话给忘了，是我自己要活埋的，我不想让他们拉去火葬，我不想变成一股烟，我想留在这里让白鹤把我带走嘛。

爷爷你忘了？要活埋就要先挖一个坑呀！小男孩说。

是得先挖一个坑，可是这个坑要挖得很大很深，要能把爷爷的身体藏住，你能挖得那么大那么深吗？老人说。

不用挖得很大，只要挖深就行了，你可以站进去的。小男孩说。

聪明的孩子。老人慈爱地看着孙子，还有孙子手中的铁镐，还有地上的铲子。过了一会儿老人说，那你就挖吧，抓镐抓得高，挖起来会容易些，挖吧，要是有人问你在干什么，你就说挖坑种树。

小男孩响亮地答应着，再次挥起了铁镐，他对他妹妹说，闪一边去，你什么都不会干，别在这儿碍我的事。

小女孩朝祖父跑去，她伏在祖父的膝盖上看着她哥哥挖坑，她说，爷爷你别把自己埋起来，埋起来透不出气，你会死的。

老人在孙女的脸上亲了一口，他说，聪明的孩子，爷爷是会死的，可是死在土里比死在火里好，死在火里爷爷就变成一股烟，死在土里爷爷还能看见白鹤，爷爷想让白鹤带着走呢。

老人紧紧地搂着孙女，看着他的孙子挖坑，老人说，歇口气再挖，别累着，爷爷现在觉得有点力气了，让爷爷自己来挖几镐吧。

池塘那边的小路上偶尔有人经过，有人看见老人带着孙子孙女在核桃树下挖土，他们以为那祖孙三人是在种树，他们想老人疾病缠身，多年未作农活，那么个老人也只能栽栽树了，还有人看见老人带着孙子孙女坐在池塘边东张西望的，他们听说过老人与白鹤的事情，他们从来没见过白鹤，因此就不相信那件事情，他们捂嘴一笑，说，这老汉，今天带着孙子孙女来看白鹤呢。

黄昏时候池塘边仍然没有白鹤饮水的身影，核桃树下的土坑却挖得很深了，参加挖坑的祖孙三人都已经累坏了，他们坐在潮湿的新土堆上俯视着脚下的深坑，看见阳光无力地透过核桃树投在坑内，坑内似乎闪烁着许多碎金的光芒，看上去温暖而神秘。

老人替孙子抹去了额上的汗，他说，看把你累成什么样子了，可你不知道你帮爷爷干了件多大的事呀。

男孩说，不累，等会儿盖土就省力啦。

老人让孙子去听深坑里的声音，他说，你听见坑里发出的声音了吗？那是泥土在下面叹气呢，泥土其实一年四季都在叹气的。

男孩趴在坑沿上听了会儿，抬起头说，没有叹气，土里什么声音也没有。

你也听不见。老人摇了摇头说，你们都听不见泥土叹气的声音，只有我知道它在叹什么气，现在泥土正为我叹气呢。

爷爷，你是不是不想进去了？男孩端详着祖父的脸，他说，你怎么哭了？是你自己要这样的，你要是不想埋就别埋了，我们回家吧。

不，我就要进去了。老人缓缓地站起来，他扶住孙子的肩膀说，我是高兴才掉的泪，你才这么小，却帮了爷爷的大忙，现在爷爷真的要藏起来了，等会儿盖土的时候千万别怕，你得把爷爷盖得严严实实的，他们才找不到我，千万别怕，记着你是在帮我，爷爷不想变成一股烟呀。

我不怕。男孩看着手里的铲子说，我会用铲子，铲土很容易。

老人朝池塘上空观望了一会儿，自言自语着，太阳下山了，白鹤该飞过来了。老人扣好了衣服的扣子，又转向呆坐在旁边的小女孩说，等会儿你别朝爷爷看，你看着池塘，你会看见白鹤的，喏，白鹤就在那边喝水。

老人小心翼翼地滑进了深坑中，祖孙三人的劳动竟然巧夺天工地容纳了老人的身体，老人站在坑内，仰着脸对孙子露出了满意而欣慰的笑容，他说，好孩子，现在开始铲土吧，记住，一铲接着一铲，我不让你停你就千万别停，来，开始铲土吧。

男孩顺从地开始铲土，除了几声沉闷的咳嗽声，他没再听见祖父的嘱咐，祖父已经嘱咐过了，不让他停他就不能停。于是男孩一铲接一铲地往坑里填土，他看见潮湿新鲜的黑土盖住了祖父花白的头发，这时候他犹豫了一下，他说，爷爷，再填你会透不过气的，他听见了祖父在泥土下面的回答，祖父说，别停，再来一铲土，告诉他们，我乘白鹤去了。泥土下面传来的声音听来很遥远，但却是清晰的，男孩记住了他祖父最后一句话，他想祖父在泥土下面或许也能透气的，他还在说话嘛，他说他乘着白鹤去了。

那天夜里男孩一手拉着他妹妹，一手拖着把铁铲回到了家，男孩站在门口拍打着身上的泥土，他突然觉得有点害怕，他用一种尖厉的声音对大人们说，爷爷乘着白鹤去啦！

（1997年）

世界上最荒凉的动物园

灰场动物园离我家大约有三公里路程，我开始去那儿临摹动物时它作为一个动物园已经是徒有虚名了。不知道是什么原因，动物园给人以一片荒凉的印象，几棵半枯的老树下陈列的不是动物，而是空空荡荡的兽笼，几乎所有的兽笼都已锈蚀或残破，动物园剩下的居民只有一群锦鸡、一头麋鹿和两只猴子，如此而已。

我早已过了迷恋动物园的年龄，我跑到这个被人遗忘的动物园来只是因为我在学习绘画。我的绘画老师以擅画动物在本地享有盛名，是他建议我来这个地方画动物写生的，他说，千万别去市动物园，那儿太吵太乱了，灰场动物园没什么动物，但那儿有猴子，你可以安安静静地画上一天，没有人会妨碍你的。

我在那儿画画的时候周围确实很安静，除了风吹树叶和锦鸡的啁啾之声外，一切都似乎在午睡之中，只有猴房里的那两只猴子生气勃勃，它们在攀缘和奔跑中始终朝我观望着。两只幸存的猴子，一老一小，小猴子有时会突然跳到老猴子背上，每逢这时老猴子就伸出长臂在小猴子肮脏的皮毛上搔几下,我猜它们是一对父子。值得一说的是那只老棕猴的眼睛,其中一只眼睛是瞎的,这么一只独眼猴使我的写生遇到了难题,我不知道怎么画那只瞎了的猴眼,犹豫了很久,我还是把那只猴眼的位置空在纸上了。

离开猴房后我又在园里转悠了一圈,经过废弃的猴笼时我看见一个穿蓝色工装的老头在笼子里睡觉,他坐在一只大缸上,手里抓着一根粗壮的水管,水管里还在哗哗地淌水,但他却睡着了。我猜他是这里唯一的饲养员了。大概是我的脚步声惊醒了他,饲养员突然站起来,冲着我大喊一声,门票,买门票!

我猜饲养员有六十多岁了,他的苍老的脸上有一种天生的怒气,我看见他拖拉着水管从狮笼里跑出来,一只乌黑粗糙的手掌朝我伸过来,在我紧张地掏挖口袋时我听见他在翻弄我的画夹,画猴子?饲养员的鼻息带着一股酒味喷在我的脸上,他的声音仍然是怒气冲冲的,画猴子也要买门票,一毛钱,买门票!

我递给他一毛钱时忍不住抗议了一句,这种动物园也配收门票?我是故意跟这个讨厌的老头顶嘴的,但我发现他把钱塞进口袋时脸上已经是一种歉疚的表情,他眨巴着浑浊的眼睛看着我,过了一会儿他甩下我又走进了狮笼,我看见他抓着水管朝狮笼的地面喷水,一边喷水一边嘀咕:你们生气我就不生气吗?这些动物没人稀罕,可它们不死你就得养着,不死就得给它们进食，给它们出粪，都是我一个人干。现在没人管这园子了，就我一个人管，我都是脖子入土的人了，我有心脏病、关节炎；下雨天浑身疼得要冒烟，可我还得伺候它们，伺候它们吃喝拉撒呀！

我没有耐心听饲养员的牢骚，那时候天已黄昏，附近灰场工业区的厂房烟囱已是一片胭脂红。我离开动物园，骑着自行车与工业区下班的工人一起向市区而行，途经肥皂厂时我看见一个熟悉的身影蹬着自行车从斜坡上冲下来，与我们逆向而行。那个人戴眼镜，肩上搭着一条黑围巾，我认出他是我们学校的生物教师，我没有叫他，我不知道他到灰场这一带干什么。

我的绘画老师批评了我的动物写生，他认为我画的两只猴子死板僵硬，这哪儿像活蹦乱跳的猴子？像两个猴子标本嘛！绘画老师批评我总是毫不留情的，他指着我画的那只老猴子问我，怎么就画了一只眼睛？还有一只眼睛呢？我说，还有一只眼睛是瞎的，我画不出来。绘画老师浓眉扬了起来，你说那是只独眼猴子？他拍着大腿道，那不是最好的写生素材吗？你一定要画出那另一只眼睛，你总是抓不住动物的神韵，再去画那只独眼猴子，把另一只眼睛也画出来，画好了它猴子的神韵也许一下就出来啦。

大概是我愚笨的原因，我始终不知老师嘴里的神韵为何物。但我还是决心去捕捉猴子的神韵，于是在一个星期以后我又去了三公里以外的灰场动物园。

就在那天我与学校的生物教师不期而遇。我在猴房前静静观察那两只猴子，突然听见有人叫我的名字，生物教师笑盈盈地朝我走过来，他说，没想到你在这儿画画，我在这儿还是第一次碰到熟人呢。我问他来这儿干什么，他有点神秘地笑了，说，来看动物，你知道我对动物最感兴趣。我说看动物应该去市动物园，那儿才是真正看动物的地方。生物教师摇了摇头，手指着饲养员的红砖小屋说，我跟老张是老熟人了，我常上这儿来，跟他谈点事情。

我猜不出生物教师与饲养员会谈什么事情，也不宜多问。但生物教师对这个动物园无疑是非常熟的，我在画猴子的时候听见他在旁边向我介绍有关动物园的许多内幕。

生物教师说，以前猴房里有过三十只猴子，现在都迁到新动物园去了，剩下的这两只猴子当时生了肺炎，留在这儿了，那边的鹿也是这么回事，留下了就没人要了。

生物教师说，你看见那老猴子的瞎眼了吧？那是五年前给一个醉鬼用铁条捅的，他一只手拿香蕉，另一只手藏在背后拿着那根铁条。世上总有这种人，他们不爱动物，不爱也没什么，可他们对动物竟然如此残暴。

生物教师还说，我爱动物，我爱一切动物，即使是那只瞎了一只眼睛的独眼猴，当然独眼总是个遗憾，假如它在我手里，我会让它变得漂亮一些完美一些。

我与生物教师的谈话无法深入，坦率地说我觉得生物教师有点古怪，一个画猴子的人与一个爱猴子的人并没有什么共同语言，或许是生物教师先意识到了这一点，渐渐地他谈兴大减，他凑近我的画夹看了看纸上的猴子，说，眼睛，眼睛画得不好，一只瞎眼也可以画出生命来的。

生物教师的批评也同样让我很困惑，我不知道怎么在一只瞎了的猴眼里画出生命，我想画动物尤其是画猴子真是太难了。在我面对那只背负小猴的老猴时，脑子里一片空茫，那只老猴与小猴嬉戏之余朝我频频回头张望，我突然想起那个醉鬼和他手里的铁条，我似乎看见老猴失去眼睛的真实瞬间，一种强烈的刺痛感突然传遍我的全身，我觉得我已经捕捉到了绘画老师所说的神韵，它的神韵就是痛苦。

大约是在半个小时以后，我听见饲养锦鸡的地方传来锦鸡们嘈杂的叫声，回头一看我便终于明白了生物教师到这里来的目的，我看见饲养员领着生物教师走进栅栏门，饲养员以异常年轻敏捷的动作抓住了一只狂奔的锦鸡，那是一只羽毛绚烂如虹的锦鸡，它在饲养员的手中徒劳地扑扇着翅膀，最后被投进一只蓝布口袋中，我看见生物教师张开那只口袋，然后抓起口袋的两角打了一个死结。

我与生物教师本来仅仅是点头之交，自从有了灰场动物园的那次邂逅，我们之间的关系一下子就亲密了许多。我在教工食堂里遇见他，忍不住提出我的疑问，那个老头怎么肯把锦鸡送给你？生物教师一边嚼咽着包子一边对我神秘地微笑着，他说，不是送的，是我买的。我还是不相信，我说他怎么能把动物园的动物卖给你呢？生物教师朝四周环顾了一番，他脸上的微笑更显神秘了，我跟他很熟悉嘛，他突然凑近我对我耳语道，他欠我的情，他孙子的入学问题是我给他解决的。

生物教师热情地邀请我去参观他的标本展览室，我就跟着他去了位于校办厂区域内的那间小屋，一进去我首先就看见了那只美丽的锦鸡，它被固定在一根树桩上，很明显它已经被开膛破肚，完成了防腐处理，我看见锦鸡的姿态栩栩如生，但它的羽毛上还沾着血与药液的痕迹。

其实我的鸟类标本不少了。生物教师把锦鸡标本移到猫头鹰和鸵鸟之间的位置，他淡淡地说，我现在最想做的是灵长类动物标本。

我并没有在意生物教师的话，应该说我很不适应那间小屋的气氛，我觉得许多鸟许多猫还有许多我未见过的动物一齐瞪大眼睛盯着我，由于它们的静态和屋里的光线，每个动物看上去都异常安详舒适，但是我闻到空气中有一股难以描述的酸腥味，它使我难以坚持看完小屋里陈列的每一种标本。当我找了个理由匆匆退出小屋时，生物教师仍然深情地望着他的标本，我听见他在里面喃喃自语的声音：真奇怪，他们为什么不爱动物呢？

我猜生物教师肯定后悔对我的邀请了，而我自己也后悔去了小屋，因为从那儿出来以后的整个下午，我一直心情抑郁，眼前不时闪现出锦鸡湿漉漉的沾满血迹与药液的羽毛。我怜惜那只锦鸡，那是我生平第一次对动物投入了感情。

生活中许多事情是触类旁通的，在我后来的绘画习作中我试着把对锦鸡的怜惜带入笔下，结果我的绘画老师认为我的动物写生有了长足的进步。你现在抓到了猴子的神韵，他指着我画的那只老猴子说，你画出了那只瞎眼，这只猴子身上的神韵就在眼睛里，现在你该明白了吧？

我第二次在灰场动物园遇见生物教师是一个星期天的早晨。那天下着蒙蒙细雨，我发现猴房里的棕猴父子在雨天里表现出一种惊人的亲情，小猴子被老猴子掖在怀里躲雨，当浑身湿透的老猴子手抬前额观望天空中的雨丝时，我忽然觉得它唯一的眼睛里充满了某种忧患，我怀着激情画下了它抬头观雨的神态，也就在这时，我听见从饲养员的屋子里传来两个男人争吵的声音，争吵声忽高忽低的，我听不清具体内容，但我听出另外一个人就是我们学校的生物教师。

等我走近那个窗口时他们的争吵声戛然而止，他们似乎提防着我，我看见饲养员扭过身子，用后背对着我，而生物教师对我露出他特有的温和天真的微笑，你也来了？他说，我正跟老张谈事情呢，他今天心情不好，谈起事情来跟吵架似的。其实他是一个大好人。

我很想知道他们正在谈的事情，但我在那儿站着对他们是个妨碍，我只得知趣地离开，返回到猴房那儿继续我的写生。雨这时候下大了，猴房顶部苫盖的一块塑料布突然被风吹落，转瞬之间猴子们失去了唯一一块干爽的空间，我发现那只独眼棕猴变得异常焦躁起来，它抛下小棕猴在铁丝网上疯狂地跳跃奔跑着，不时发出几声悠长的啼啸，我当时对猴子的命运一无所知，因此我把它的反常归咎于雨和天气的变化，我还在雨地里自作聪明地总结了人与动物的一个共同点：他们或它们对天气之变都是很敏感的。

那场越下越大的雨中断了我的写生计划，我原先想到饲养员的小屋里去躲一会儿雨的，但是我想到那样会给他们带来种种不便，干脆就钻到了鹿房低矮的木板房顶下面。正如我那点可怜的动物学常识所知道的，鹿是温驯善良的动物，在我栖身鹿房的一个小时里，那只孤单的麋鹿只是静静地注视着我，它吃它的草，我躲我的雨，我与麋鹿井水不犯河水地共度了一个小时，一直到密集的雨线渐渐又松散开来，渐渐地雨完全停了。

雨一停我就想离开了，我带来的纸都被雨弄湿，无法再画下去。我站起来摸了摸麋鹿美丽的脖颈，与它道别。雨后的灰场动物园更显冷清荒凉，除了残余在枯树上的雨水滴落在地的声音，周围一片死寂，我走过饲养员的屋子时敲了敲他的窗子，我想假如生物教师还在那里也许愿意跟我同路回去，但屋子里没有人，透过窗玻璃我看见的只是桌子上的一堆东西，两盒前门牌香烟、一包糕点和两瓶白酒。

我已经推起了自行车，就是在这时候我听见从猴房那里传来一种奇怪的类似婴儿的啼哭声，最初我不知道那是猴子的哭声，我只是觉得那种声音异常凄厉异常瘆人，于是我骑上车朝猴房那儿驶去。你也许已经猜到了，我再次看见的猴房里只剩下那只小棕猴了，仅仅是隔了一个小时，仅仅是隔了一场雨，那只瞎了右眼的老棕猴不见了。我看见那只小棕猴用双臂抓住铁网迎向我，它像一个人类的婴儿一样向我哭泣，我清晰地看见它粉红的脸上满是泪水，不是雨水，是泪水，那是我这辈子第一次看见猴子的泪水，像人的眼泪一样，也是晶莹透明的。

直到此时我终于明白了在刚才的大雨中发生的事情，也终于知道生物教师今天与饲养员谈的事不是关于锦鸡，而是那只可怜的老棕猴。我一时愣怔在那儿，我内心充满了酸楚与疼痛的感觉，但我不知道该对那只小棕猴做些什么，我在口袋里找到一颗潮湿了的咸花生仁，隔着铁网喂给小棕猴，但它刚咽下去就吐出来了，我一直以为它在战栗，这时才懂得那种战栗就是猴子的哭泣。

几行杂乱的脚印留在雨后的泥地上，一直从猴房通往废弃的狮笼那里，追寻着这些脚印，我在狮笼里找到了饲养员。饲养员像上次那样，正在用水管冲洗地面，尽管水管里冲出来的水很急很大，我还是看见了狮笼地面上星星点点的血污，还有饲养员长筒胶靴上粘着的一片棕色的茸毛。我满面恐惧地望着饲养员，想说什么却什么也说不出来，倒是饲养员先调侃了我一句，他说，你干吗这样看着我？好像我杀了人似的，我又不是杀人犯！

我指了指积满水的狮笼，结结巴巴地问，你们就在这儿，

就在这儿，杀？

饲养员说，这儿能避开小猴子，不能让它看见，你们不懂，猴子也通人性的。

我看了看树林那边的猴房，确实有树枝和房子遮挡了视线。我仍然不知道该怎样向饲养员表达我的感受，我只是向他提出了一个愚蠢的问题：杀它容易吗？

人杀什么不容易？饲养员嘿地一笑，他轻蔑地瞟了我一眼，继续朝地上冲水，过了一会儿他突然想起什么，对我说，我跟许老师交情很深哪，他帮过我大忙，我也只好答应他，人又不是动物，做人就要讲良心嘛。

我说不出什么来，唯一想做的就是立即离开这个动物园。我骑着车一口气骑到了肥皂厂门口，那儿有许多工人在厂门口出出进进的，我的惊悸的心情终于放松了，在那里我打开了被雨淋湿的画夹，那只独眼棕猴最后抬头观雨的神态被我画在了纸上，我想起了我的绘画老师关于神韵的说法，我想猴子的神韵在于它的泪水，大概就是它的泪水吧。

我曾经偷偷地跑到生物教师的标本室外面看望那只棕猴，说起来我大可不必这样掩人耳目，只要你对动物具有一定的兴趣，生物教师总是乐于为你打开标本室的门。但我似乎害怕与那只棕猴直面相对，最终还是选择了一个安静的午后爬到了那间小屋的窗台上。

我看见一只棕猴盘腿坐在一张课桌上，让我惊讶的是它现在不仅洁净而安详，作为某种特征的残眼竟然金蝉脱壳，变成了一只明亮的无可挑剔的眼睛，那只我所熟悉的独眼棕猴，现在它有了一双完美的眼睛！我不知道生物教师是怎么做出猴子的眼睛的，我只能感叹他对猴子的爱比任何人深厚一百倍，那样的爱往往是能创造奇迹的。

说到我所热爱的绘画，我的绘画注定是不成器的。我的老师是个著名的专画动物的大师，他总是要求学生去捕捉动物的神韵，但我认为动物们的神韵在于它的泪水，我努力了多年，还是画不出那种泪水，最后干脆就不去画了。那个位于工业区的灰场动物园，后来我再也没去过，不去也无妨，我猜那大概是世上最荒凉的动物园了。

（1996 年）

两个厨子

两个厨子杀鸡宰羊地忙了一整天了。从顺福楼请来的厨子脸孔白里透红，身架又高又胖，手脚却麻利，说话的声音也响如爆竹。另一个厨子看上去不怎么像一个厨子，且不说他的黑黑瘦瘦腌菜似的脸，他在灶台前始终毛手毛脚的，杀最后一条大青鱼时甚至掏破了鱼胆。

　　白厨子浇了点醋在青鱼肚子里，怒气冲冲地在水缸里漂那条鱼，他说，早知道你这么笨，还不如我一个人干，老邓说你在德大饭庄干过，我看你是在那儿洗碗扫地的吧？

　　黑厨子不说话，他只是卑琐地赔着笑脸，垂着手站在旁边看白厨子洗鱼肚。

　　白厨子朝黑厨子翻了个白眼，他说，你站着干嘛？还不快去把那块肉的骨头剔出来？呸，就你这么笨的人，也敢来陈家的宴席做厨子？

　　黑厨子慌慌张张地从水缸上跳过去，刀在哪儿？他这么问着，立刻意识到不该这么问，扑到桌前抓住了那把刀，他说，刀在这儿呢，我马上把骨头剔出来。

你知道这陈家什么来历？白厨子说，这方圆三百里之内谁也富不过枫杨树陈家，四代盐商，出了一个进士，三个举人，虽然陈老先生一辈子呆在镇上，可两个儿子还是出息，一个在县府做副县长，一个在军队里是少校营长呀。

黑厨子说，我知道他家富，光是猪肉就腌了三大缸呢，这么多肉够我们家吃一辈子了。

你就知道肉，陈老先生不稀罕肉，他爱吃鱼，他最爱吃我们顺福楼的红烧划水，要不怎么就点我名上这儿来做宴席呢？白厨子把那条涮洗过的青鱼拎在手上，他用手指在鱼肉上蘸了蘸，然后伸到黑厨子嘴边，对他说，你尝一尝鱼肉，看还苦不苦，要还苦就麻烦了，一盆红烧划水装九条鱼尾，讨吉利的，陈老先生过寿辰讲究的就是吉利，八尾鱼端上去他肯定要骂人的。

黑厨子诚惶诚恐地瞪着那条鱼，他说，我不敢尝，还是你来尝吧。

有什么敢不敢的？是生鱼，做好了我还不让你尝呢。白厨子把那根手指塞到黑厨子嘴里，他说，我整天都在剔鱼片烧划水，可我就是尝不得生鱼的腥味。

黑厨子任凭白厨子把手指塞进他的嘴，他舔了舔那根手指，咽了口唾沫说，不苦，就是有点腥。

不苦就好。白厨子松了一口气，转过去把鱼放在案板上，突然想起什么，又把鱼拎高了对准黑厨子的脸，不行，那么尝我还不放心，白厨子说，你干脆在鱼尾那儿尝一尝，万一苦胆

两个厨子　199

汁渗到尾巴上去就麻烦了。

黑厨子犹豫着,看看白厨子的脸色,又看了看面前的那条鱼,我尝,反正我不怕腥,黑厨子短促地笑了一声,然后吐出舌头在大青鱼的尾巴上舔了两下,不苦,尾巴上也不苦,黑厨子对白厨子露出一张灿烂的笑脸,他说,一点也不苦,就是有点腥。腥得厉害,鱼尾巴怎么这么腥?

白厨子再次把鱼扔到案板上去,回过头瞪了黑厨子一眼,你尽说废话,白厨子说,鱼尾巴不腥什么腥?可等会儿红烧划水做好了,那腥味就没有了,那香味就出来啦。

黑厨子在给一大块猪肉剔骨头时干得异常认真,一边剔着骨头一边咽着唾沫,他很害怕白厨子听见他喉咙里咽唾沫的声音,他想忍住,但因饥饿引起的唾沫像潮起潮落,他无法停止自己饥饿的声音。

你不要再剔了,白厨子说,你他妈的怎么这样笨?剔根骨头要这么长时间,这样下去八点钟也开不了席。

还有肉剔不下来,这么一长条肉粘在骨头上,太可惜了。黑厨子说。

你以为陈家在乎这点肉屑子?喊,一长条肉,一长条肉!白厨子上来把那根大肉骨头夺过去,往装垃圾的箩筐里一扔,他说,我看你什么也干不好,给我去剥大葱吧!

黑厨子顺从地走到屋角去剥大葱,他蹲在那儿剥大葱,目光却还留恋着垃圾堆里的那根肉骨头,还有一长条肉没剔下来呢，他轻声嘀咕着，剥葱的动作显得三心二意的。

我上了老邓的当，他还说你在德大饭庄做过红案，你算什么狗屁红案？白厨子说，我今天是要累死半条命了，早知道这样，还不如自己找个红案师傅来。

我手脚是笨了点，可我不要工钱。黑厨子嗫嚅道，说好了的，只要管我一顿饱饭。

一顿饱饭，喊，一顿饱饭！你还这么爱吃，哪儿听说过做厨子的这种猴相？白厨子半笑半恼地切着肉片。他的刀功很好，手中的刀刃随着腕部的抖动舞蛇走龙，案板上跳跃着一堆或红或白的光点。白厨子说，我就猜到你不是厨子，看你的眼神就知道了，做厨子的人看见鱼呀肉呀眼睛是冷的，你见什么眼睛都亮，恨不得生吃了它们呢。

黑厨子没有听见白厨子的话，他的眼睛正如白厨子所描述的那样，闪闪烁烁地亮着，盯着箩筐里的那根肉骨头。那根肉骨头的大半部分被掩在白菜皮里，但仍然有一端倔强地露在外面，骨头上粘附的一层粉红色的肉也仍然清晰夺目。

我做了二十年厨子了，一做酒席不吃就饱，白厨子说，别人见我又白又胖，以为我整天吃什么山珍海味，其实我每顿才吃一块肉，多半块都吃不下去。

黑厨子没有听见白厨子的话，他的眼睛盯着箩筐，呼吸突然急促起来，他的脸上出现一种焦灼而痛苦的表情，一只手迟疑着伸向箩筐，抓住了那根肉骨头。然后他回头瞥了一眼白厨子，嘴里慌慌张张地应了一句，就是，就是吃不下去。

两个厨子

我说我自己呢，白厨子嗤地笑了一声，说，你也会吃不下去？骗鬼去吧，我看等会儿那顿饭你非把肚子吃炸了不可。

黑厨子附和着也笑了一声，但他的笑声听上去突兀而紧张，白厨子猛地回过头，警惕地扫了黑厨子一眼，你在干什么呢？白厨子说，让你剥葱，你把手伸到箩筐里干什么？

我扔这些烂葱叶呢，黑厨子弯腰站在那儿，用身子挡着白厨子的视线，他有点结巴起来，烂葱叶，箩筐，黑厨子说，箩筐满了，我去把垃圾倒掉吧。

手别乱伸。白厨子的目光犀利地盯着黑厨子瘦削的背部，他大概想到了什么，突然冒出话来，上门厨子的规矩你该知道吧？老邓他肯定跟你说过规矩吧？

我懂规矩，老邓说随我怎么吃都行，就是不让带走，什么东西都不能带。黑厨子说。

知道我就放心了。白厨子说，陈家其实也不在乎一碗肉半条鱼的，可万一少了什么，都记在我的名下，传出去不仅坏了我的名声，也坏了顺福楼的名声。

我懂，就是一根骨头也不能带出门。黑厨子的脸红一阵白一阵的，他似乎想把两只手从箩筐里拿出来，但两只手不听话，十根手指抓紧了那根肉骨头把它往垃圾深处埋，最后黑厨子用白菜皮盖住了肉骨头。他直起腰来，对着箩筐叹了一口气，又摊开双掌看了看自己的手，看见他的十根手指都是油汪汪的，他想这辈子从来没见过这么好的肉骨头，可是这么好的肉骨头就这么扔在垃圾堆里了。

陈家的女佣曾经到厨房来查看寿宴上的菜肴，那女人嘴碎，说肉丝切得太粗，又嫌猪肚煮得不烂，白厨子嘴上客气地应允着，心里却很气恼，因此女佣一出厨房，白厨子就冲着她的背影骂了一串脏话。

　　女佣刚走，那个小男孩就来了。小男孩大约有八九岁的样子，脸很脏，身上穿着件大人的棉袄，腰中用布条扎了一道。小男孩怯生生地把脑袋探进门内，朝厨房四角迅速张望了一番，白厨子正没好气，不知怎么他认为小男孩是女佣的孩子，于是又冲着他大声嚷道，滚出去，哪来的野孩子？

　　小男孩吓了一跳，那颗蓬乱的脑袋闪了闪，很快就不见了。白厨子悻悻地把切好的肉丝倒在案板上，我做了二十年厨子，轮得到她教我切肉丝？白厨子把案板剁得砰砰地响，他说，狗仗人势，她算老几？喊，她来教我切肉丝？

　　白厨子发现黑厨子不在听自己说话，黑厨子抓着一把大葱，看样子心神不定的，他跌跌撞撞地走到外面，一眨眼又抓着那把大葱回来了。

　　你怎么回事？白厨子又嚷嚷起来，你脑子还在脑壳里吗？让你把猪肚再放到炉子上炖一会儿，你他妈的在梦游呀？

　　我没梦游。黑厨子神情木然，指着门外说，那孩子走了。

　　你也走吧，你在这里屁用也没有，白厨子说着鼻孔里发出轻蔑的声音，我知道你不会走，你还等着那顿饭呢。

　　白厨子用一支筷子插在猪肚上察看它是否煮烂了，他听见身后传来碗碟碰撞的声音，白厨子回过头就看见了一只慌乱的小手，那只小手从窗外伸进厨房，抓住了碟子里的一块卤肘花，白厨子怪叫了一声冲出去，他看见那个肮脏的小男孩缩在墙角边，满面惊惶地望着他，他看见小男孩的嘴被什么东西塞得鼓了起来，嘴角上淌着几摊暗红的油汁，而他的手里紧紧地抓着那块卤肘花。

该死，怎么进来个小叫化子？白厨子扑过去抢他手里的肉，让他吃惊的是小男孩的反抗和挣扎，小男孩朝白厨子乱蹬乱踢，两只小手紧紧抓着那块肉不放。白厨子对厨房里的黑厨子高声叫喊着，快出来！快把肉抢下来！快把这野孩子撵走！但厨房里的黑厨子一声不吭，他没有出来。白厨子大概太高太胖了，他拧住了孩子的耳朵不让他逃走，对孩子的嘴和手却无可奈何，眼看孩子张大嘴凑近了那块肉，白厨子朝厢房里高声大叫起来，来人哪，快来抓小偷！

厢房那里跑来了几个人，他们帮着白厨子抢下了卤肘花，白厨子用围兜托住卤肘花仔细看了看，看见油亮的肉皮上已经留下一排细小的齿印。白厨子骂了一声，对着那个女佣劈头盖脸训了一顿，是谁把这小叫化子带到厨房里来的？是谁家的孩子？跟条野狗似的，见什么咬什么？白厨子把卤肘花送到女佣脸前，说，你看看，你自己看看这牙印，让我怎么端上桌去？

女佣大概对这件事摸不着头脑，她揪住了小男孩的胳膊，与另外三个佣人面面相觑，谁家的孩子？女佣疑疑惑惑地审视着小男孩的脸，眼睛倏地一亮说，不是谁家的孩子，肯定是街上的小叫化子！女佣这么说着一扬手就扇了小男孩一记耳光，小叫化子，你怎么溜进来的？女佣横眉立目地说，爬墙进来的？你吃豹子胆了？怎么敢跑到这里来偷东西？

白厨子推开女佣，掰开小男孩的嘴查了查他嘴里的东西，看见一堆白白的馒头渣子，白厨子就放心了。这孩子是饿疯了。白厨子说，我可没见他偷东西，他是饿疯了，你们撵他出去就行了嘛。

白厨子用围兜兜着卤肘花回到厨房，看见黑厨子抱着脑袋坐在炉灶旁，他的干瘦的背影纹丝不动，看上去像一截枯死的树桩。

你坐在那儿干什么？睡着了？白厨子把卤肘花放回到盆子里，用刀刮去肉皮上的齿印，又抓了把葱花盖在上面，白厨子继续数落着黑厨子，没见过你这么没用的人，手脚笨不去说它，长了眼睛也是出气的，你不就站在窗边吗？怎么让那孩子把肘花抓了去？

白厨子听见一种奇怪的声音，他歪过头注视着黑厨子，发现黑厨子的双肩在轻轻地抽搐，他终于意识到黑厨子发出的声音是什么，黑厨子正坐在炉灶旁呜咽呢。

你这人怎么回事？白厨子走过去想看黑厨子的脸，但黑厨子用手把自己的脸遮住了，白厨子只看见一滴浑浊的泪珠从黑厨子的指缝间慢慢地挤出来，白厨子嘻嘻笑起来，他说，你这种人我真是第一次见到，一个大男人说哭就哭起来了？

黑厨子死死地捂住自己的脸，他不说话。

好好的怎么会哭起来呢？白厨子摇着头在黑厨子旁边站了一会儿，很明显白厨子这时候不知说什么好，他站了一会儿只好回到桌子边去，他说，今天是活见鬼了，一个大男人，也在那里哭，告诉你今天是陈老先生七十大寿，不能哭的，就连孩子也不让他们哭，你个大男人倒在那里哭起来了！

黑厨子停止了呜咽，他慢慢地站起来，用衣袖在脸上胡乱擦着，他的眼睛看着通往前院的月牙门，但他终于开始与白厨子说话。我要走了，黑厨子哑着嗓子说，我在这儿呆不住了。

这就想走？白厨子诧异地瞪着黑厨子的背影说，还没开席呢，你不是说想吃一顿饱饭吗？你不知道厨子吃饭的规矩？得等到主人家吃好收碗你才能吃呢。

我呆不住了，我得走了。黑厨子说。

你在不在这儿我无所谓，本来就帮不了我，可你那顿饱饭怎么吃？现在没什么菜给你吃，白厨子脸上露出一种讽刺的微笑，他说，没吃上那顿饭就走，你不是白干了一天活嘛？

那儿有冷馒头，我吃上几个馒头就行了。黑厨子说，我不是孩子，我不馋肉。

白厨子犹豫了一会儿，把蒸屉里的馒头都端给了黑厨子，你愿意吃冷馒头就吃吧，不管我的事，白厨子说，能吃多少就吃多少，厨子吃饭不看主人脸色，这也是规矩。

白厨子看着黑厨子的手颤动着伸向蒸屉，两只手各抓了两只馒头，白厨子忍不住嗤地一笑，别这么性急，你坐下来慢慢吃，不是告诉过你吗，能吃多少就吃多少，这是规矩。白厨子看了看黑厨子手里的馒头，又看看他的突然明亮的眼睛，很自然地想到了什么，于是白厨子拖长着声调再次重复了他已经说过的话，随便你吃多少，白厨子说，就是不让带走，这是厨子的规矩。

白厨子看见黑厨子的眼睛忽明忽暗的，黑厨子坐在灶膛边吃馒头，他的脸在火光辉映下呈现出一种鲜艳的红色，他把一只馒头放在嘴里咬了一口，同时深深地叹了口气。白厨子看见黑厨子把馒头放在嘴边，黑厨子尖削的喉结上下耸动着，他好像奋力地吞咽着什么，但咽下去的只是口水，那只馒头仍然饱满地塞在他的干裂的嘴唇之间。

怎么不吃了？白厨子说，是不是馒头太硬了？

黑厨子的手仍然僵直地抓着那只馒头，他的神色仍然迷茫而凄恻，我怎么咽不下去？黑厨子的声音从馒头边缘挤出来，听上去像是来自很远的地方，我饿过头了，我怎么咽不下去？

别着急，慢慢咽，白厨子说，我看你是饿过头了。

我饿过头了，我咽不下去，黑厨子摇着头，他的目光茫然无助地游移着，最后落在白厨子脸上，他的急促的呼吸声也从馒头上滑落下来，听来像是人在厮打挣扎时的喘息。黑厨子就这么喘息着，嘴角上突然浮出一丝笑意，他对白厨子说，我这么饿，这么想吃，怎么咽不下去呢？

我怎么知道你？你肯定是饿过头啦！

白厨子无暇顾及黑厨子的事了，他必须在炒菜之前把一锅荤油熬出来。白厨子把一篮子肉膘倒进锅里，回身去找铁铲时

两个厨子　207

看见黑厨子站在他身后,黑厨子手里抓着一根肉骨头,他一眼就认出那是被他扔进垃圾堆里的肉骨头。

我没吃馒头,我怎么也咽不下去。黑厨子用一种乞求的眼神望着白厨子,这根肉骨头上还粘着点肉,骨头里还有油,让我带回去给孩子熬锅汤吧。

白厨子一时愣在那儿,白厨子用锅铲敲了敲那根肉骨头,他想说什么,却突然不知道说什么才好。

我什么也不带,就带这根肉骨头,本来也是扔掉的呀,黑厨子腌菜色的脸现在涨得通红,他一把抓住白厨子的手说,我不吃他家的饭,我就带一根肉骨头走,不算坏厨子的规矩吧?

白厨子轻轻推开黑厨子的手,他张开嘴似乎想笑,但他的嘴刚咧开就愤愤地合上了,这是他妈的什么世道?白厨子用锅铲在空中狠狠地劈了一下,然后转过身去翻弄锅里的那些油膘,想带就带走吧,反正是根肉骨头!白厨子用锅铲压住一块油膘,让它吱吱地叫着冒出第一滴油来,白厨子说,想带就带走吧,厨子的规矩是厨子的规矩,反正你又不是厨子,我是让老邓坑苦了,你哪是什么厨子!

白厨子那天忙坏了,他不知道黑厨子后来是怎么走的,他猜那根肉骨头大概是被黑厨子掖在怀里带走的,陈家人多眼杂,虽然是一根肉骨头,也只有掖在怀里才能带走了。

大约是半个月以后,县城的木材商朱家办喜事,顺福楼的厨子们几乎倾巢而出,那天早晨白厨子去鱼市办水货,路过灾民救济会时看见两口粥锅前排了长长的一条人龙,白厨子眼尖，一眼就看见人群里两个熟悉的身影，一个是黑厨子，另一个就是那天偷了卤肘花的小男孩。

那父子俩一人拿了个破碗，在早晨的寒风中挤在一起，他们的眉眼何其相似，他们饥饿的神色何其相似，任何人都能一眼看出，那是父子俩。他们是父子俩，白厨子并不觉得意外，他想他那天真是忙昏头了，他们是父子俩，他当时怎就没想到呢？

（1996年）

烧伤

被烧伤的人坐在窗前，苦苦地回忆几天前他被火烧伤的经过，但是他竟然想不起火是如何燃起来的，也不记得火是怎么在他脸上留下那些可怕的灼痕的。他只记得那天一个诗人朋友来访，他们在一起喝光了一瓶白酒。诗人朋友酒量很好，临别前他拿起空酒瓶对着嘴唇，吹了一段旋律优美而伤感的曲子，然后又大声朗诵了他的一首诗歌，诗人就这样提着空酒瓶摇摇晃晃地走出门外。那时候他已经不胜酒力，依稀听见那首诗是歌颂火的，他不知道诗人为什么要动情于火、火焰、火光这类事物，什么狗屁诗歌？他躺在桌子下面对诗人离去的背影喊，他听见自己的声音尖厉而悲愤，那时候他已经喝醉了，他不知道烧伤之事是怎么发生的。

在医院里医生曾经询问他被烧伤的原因，他无言以对。我不知道，他抚摸着脸上厚厚的纱布说，我喝醉了，一点也记不起来了。

怎么会呢？医生注视着他说，即使你喝醉了，在被火灼伤时也会立即恢复意识，你应该记得你是怎么被烧伤的。

不记得了，我真的不记得了。他痛苦地摇着头，脸部的灼伤处时隔数天后仍然又疼又痒，这使他坐立不安，嘴里嘶嘶地吹气以减缓痛苦，他的眼睛在纱布的包围下闪烁着迷惘而脆弱的光，它们求援地望着烧灼科的医生，会不会是诗歌？最后他向医生提出一个难以解答的问题，也许是一种神秘的看不见的火？有没有这种看不见的火？会不会是诗歌的火把我的脸部烧伤了呢？

你说什么？医生似乎没有听懂他的问题。

我说是诗歌，那天有个诗人朋友对我朗诵了一首诗歌，是关于火的。

被诗歌烧伤？医生沉吟了一会儿，突然朗声地笑起来，他说，也许会的，不过我从来没有遇到过这种病例。

被烧伤的人不满于医生的这种俗气的回答，一般来说他们都是些缺乏想象力的囿于规范的人，为什么他们不相信那些没遇到过的事物呢？被烧伤的人因此有点鄙视烧灼科的那些医生。也缘于这个原因，他提前离开医院回家了。

被烧伤的人坐在窗前，凭窗俯瞰楼下由三座公寓楼围成的一块空地，正是初秋洁净而湿润的天气，住在公寓楼里的人们在早晨都纷纷推着自行车出门上班了，留下一个空荡荡的用绿色玻璃瓦搭建的车棚，没有人，只有几辆旧自行车倾斜着倚在铁栏杆或者墙角上。他看见自己的那辆旧车已经蒙上一层浅灰色的粉尘，安静地立于一片矩形阴影中，被烧伤的人突然觉得世界无比孤寂，他的自行车无比孤寂，而他的内心更加孤寂。

那个酗酒的诗人朋友曾经告诉他诗歌千年流传的原因。他说，假如你害怕孤寂，最好的办法就是试着做一个诗人，诗歌有一种非凡的魔力，它使你梦游，它使你在庸俗沉闷的生活之上漂浮。

被烧伤的人紧闭双目想象着梦游和漂浮，他觉得自己的身体仍然有一种久居室内的虚弱和乏力的感觉。无法像一只鸟在高楼上空浮游，但他脸部的灼伤处的疼痛却因为想象缓释了许多，诗歌烧伤了我也缓释了我的痛苦？诗歌的魔力你现在感受到了吗？被烧伤的人现在很后悔那天对诗人朋友的出言不逊，我不应该把诗歌描绘成狗屁的，他的心里充满了对诗歌以及诗人朋友的歉疚和忏悔。

秋天的那些早晨，被烧伤的人长久地站在镜子前，观察他的光秃秃的眉骨和脸部的两块紫褐色的疤瘢，他知道被火烧去的眉毛会慢慢地生长出来，就像山上烧荒过后再次萌发的青草，但是两块紫褐色疤瘢将永远留在他的颧骨和鼻梁上，作为一次神秘的烧伤事故的印证。镜子中映现的疤瘢呈现出不规则的形象，看上去很像一摊随意泼上去的淤血，或者像一张某个国家的地图，这使他的苍白而忧郁的脸发生了可怕的变化，现在他发现镜子里的自己有点丑陋又有点滑稽，他想以后在大街上漫步时，再也不会有女孩子投来偷窥和多情的目光了。对于他来说，这类损失毕竟是微不足道的，令人迷惑的是那次神秘的无法澄清的烧伤过程。他将如何向别人解释脸上的两块疤瘢呢？也许只能坚持在医院里的谵妄而浪漫的说法，我被诗歌烧伤了，你们知道吗？我是被一首关于火的诗歌烧伤的。

已经很久没出门了，他枯坐窗前，看着秋意一点点浸透公寓前的梧桐树，树叶开始随风飘零，而横贯于每个公寓窗口的铁丝从早到晚都在微微颤动，他酷爱的满天星在霜降前疯狂地蔓延生长，一些枝条已经远离窗台在空中开出最后的新芽，离群索居的日子无比孤寂，他天天都在盼望有人来访；但是偶尔地有人在外面敲门时，他又不想让他们进来，在没有弄清楚那次烧伤的原因之前，他不想与任何人谈论他的奇遇，也不想让任何人再看见那两块滑稽而丑陋的紫红色疤瘢了。

无人的楼前空地出现了人影，是一个抱着足球的男孩，嘭、嘭、嘭，他开始对着水泥墙踢球，先用左脚踢，然后换上右脚踢，一遍遍地重复着。球在水泥墙上的反弹声听来机械而令人烦躁，被烧伤的人很快就厌倦了这种声音，他凭窗俯视着男孩的敏捷而幼小的背影，终于恼怒地喊起来，别踢了，吵死人了。男孩受惊似的抱住地上的足球，抬起头朝他张望。他突然发现男孩的一只眼睛蒙着一块纱布，周围还残留着红药水的痕迹，原来也是个受了伤的人，被烧伤的人意识到这一点不禁发出了会心的微笑。他突然后悔刚才的粗暴，于是又慌忙朝下面挥了挥手，你踢吧，他用双手卷成喇叭状对男孩说，踢吧，你要是嫌闷就继续踢吧。

楼下的男孩朝他狐疑地张望着，嘴里嘀咕着什么，很快地他的注意力就转移到足球上了。嘭、嘭、嘭，男孩又开始把球

烧伤　215

踢向水泥墙壁,而那个被火烧伤的人伏在窗台上观看着男孩的每一个姿态动作,膝盖抬高点,别用脚尖,用脚背踢。他忍不住指挥起来,但楼下的男孩似乎不愿意听从他的教练,男孩大概十一二岁,球技无疑是稚嫩而简陋的,被烧伤的人枉然叫喊着,他知道自己的举动只是无所事事的结果,但是这总比枯坐着殚思竭虑地思考诗歌和烧伤要轻松得多。

整整一个上午,男孩踢球的反弹声在被烧伤的人耳边回响,那是他听到的唯一富有生命力的声音,最初他厌恶这种噪音,现在却莫名地有点感激它了。被烧伤的人从桌子上拿起一只口罩,慢慢地戴在脸上,他决定走出屋子,到楼下的空地去和小男孩一起踢球。

室外的阳光微微刺疼了他的眼睛,他不得不用手罩着前额接近那个小男孩。小男孩突然抱住了球。他的神色看上去有点恐慌,未受伤的左眼流露出戒备和敌意。

放下球,我跟你一起踢着玩。被烧伤的人说着想去拿小男孩手中的球,但小男孩躲开了。

不,小男孩摇着头,他把球迅速地转移到了背后,你别碰我的球。

为什么不?我踢球踢得很好,我可以教你踢。被烧伤的人说。

不。小男孩仍然充满了戒备之心,他盯着被烧伤的人脸上的大口罩,突然嗤地笑起来,你为什么要戴口罩?

我被烧伤了,烧得脸上很难看。被烧伤的人拍了拍小男孩的脑袋,他说,那么你呢?你的右眼为什么也戴了一只罩子?

让同学用铅笔戳的。

谁?是哪个同学用铅笔戳了你?

张峰。你认识张峰吗?

不认识。被烧伤的人这时候轻轻叹了口气,他用食指伸进口罩摸了摸里面的疤瘢,你知道是谁戳坏了你的眼睛,这有多好,他对小男孩说,你知道是谁就可以找他算账。

那么你呢?你是去救火被烧伤的吗?

救火?我不记得了,我那天喝醉了。有人告诉我我是被诗歌烧伤的。

你骗人。小男孩突然快活地叫起来,你骗人,诗歌怎么会起火,怎么会烧伤人呢?

也许会的,也许不会,我现在还没弄清楚,等我弄清楚再告诉你,我是被什么东西烧伤的。被烧伤的人为微笑付出了一丝疼痛的代价,而且他的微笑被口罩完全藏匿了,他的一只手始终在向男孩索要那只儿童足球,给我球,让我跟你一起踢球玩。他没有想到小男孩最终仍然拒绝了他的要求。

小男孩迟迟疑疑地往墙角退,他好奇的目光现在又增加了新的迷惑和怀疑,你是骗子,我不跟你玩。小男孩突然叫着朝另一个门洞飞奔而去,在楼梯口他站住了,回过头朝陌生男人张望了一眼。你是骗子,我不跟你玩,小男孩摇着他手里的足球,然后朝陌生男人呸地吐了一口唾沫。

被烧伤的人木然地站在楼前空地上,心中充满了言语不清的悲伤和愤怒，他知道他不应该和一个幼稚无知的孩子怄气，但是当男孩的背影从他视线里消失时，他真的感到一种深深的绝望。这是他的诗人朋友在诗歌中描绘的绝望？世纪末的绝望？他记得那些诗歌就是这么描绘绝望的。被烧伤的人垂着头离开楼前空地，他现在情绪低落，意识中却浮现出许多忧伤动人的诗句，他曾经鄙夷和嘲笑诗人朋友的每一个诗句。但现在他却被它们打动了，而且他的脑海里突然有无数诗句像蜜蜂一样嘤嘤飞舞，他平生第一次体验到诗歌的冲动。

世界无比孤寂，我比世界更加孤寂。被烧伤的人一边朝他的屋子走去，一边吟诵着他的第一首小诗。

诗人朋友在一个大雨滂沱之夜离开了这个城市，从此杳无音信。被烧伤的人曾经设法找寻他的下落，他戴着口罩去诗人朋友的家敲门，诗人的母亲隔着防盗门盘问了他半天，最后恶声恶气地回答道，我不知道他的下落，我讨厌你们这些不务正业的青年人。被烧伤的人用力抵住那扇将要关闭的门，他想解释些什么，一时却找不到准确的表达语言，只是不停地嘀咕着，我被烧伤了，我想问问他是怎么回事。诗人的母亲在里面厉声说，又来个疯子，你怎么烧伤的难道自己不知道？怎么还要来问别人？被烧伤的人说，那天我喝醉了。这时候诗人家的门终于砰地撞上了，差点夹住了他的手，他听见诗人的母亲隔着两道门的喊声，那你继续去喝吧，去喝吧，别来烦我。

那天恰逢周末之夜。城市的街道上灯光闪烁，夜空中飘浮着芜杂的无以鉴别的欢乐的声音，被烧伤的人站在十字路口，侧耳倾听那种欢乐的声音，他想判断它是美妙的音乐还是可憎的噪音。一些人喧哗或沉默地通过十字路口，与他擦肩而过，并没有人留意他脸上那只不合时宜的大口罩，但他仍然有一种孤独的隔绝之感，他已经有很久没有独行街道的感受了，他不知道当脸上的口罩一旦卸除，那些行人会不会朝他投来惊愕和厌恶的目光。城市的一切依然如故，人们像鱼群有条不紊地穿行在生活之中，唯有他的命运将无可扭转地走向一个深不可测的空间。没有人会相信是一种神秘的火烧伤了他的脸以及整个生活，但他现在站在这里，站在城市的十字路口，他的口罩和口罩后面的疤瘢，还有他幻觉中愈来愈清晰的火焰撩过皮肤的噼啪之声，一切都预告着他将成为一个与世界格格不入的人。

被烧伤的人后来常常出现在河滨公园的草坪上。那是这个城市的诗人们聚会的地方，在诗歌流行的黄金时代它曾经像集市一样热闹而富有生机，而现在不知为什么河滨公园变得冷清和萧条起来，每天早晨一群白发老人集队在草坪上练习一种名叫香功的健身术，到了黄昏前后另一些年轻人来了，他们人数寥寥，随身带着一本最新出版的诗集和自己的近作，这是城市剩余的最后几个诗人。有一天他们惊喜地发现草坪上坐着一个戴口罩的陌生青年，他的手里捧着几页诗稿，他的清澈而忧郁的目光充满渴望和依赖，等待着诗人们走过去，当他们靠近他并围坐在一起时，戴口罩的青年用一种急迫的洪亮的声音朗诵了他的诗句。

> 烧伤我脸颊的火
> 它来自看不见的空间
> 我看不见烧伤我脸颊的火
> 只听见火的声音
> 我看不见火
> 但我看见我被烧伤的脸
> 比这个世界更加孤寂

那首诗就是后来被诗人们广为传诵的《烧伤》。而那个被烧伤的人也从此跨入这个城市最后一批诗人的行列。他给自己取了一个具有丰富含义的笔名火鸟。爱好诗歌的人们认为火鸟的诗浸透了世纪末的绝望情绪，神秘、自省而又忧伤动人，人们都听说了诗人火鸟被神秘地烧伤的故事，总是有人对此提出种种质疑，那些与诗人火鸟相识的人就说，那是真的，火鸟现在还戴着口罩。

两年以后的一个秋风朗朗的日子。诗人火鸟的家里来了一位客人。那就是他最早结识而后突然失踪的诗人朋友，诗人朋友给他带来了许多礼物，其中还有一只塞满了钱的信封。火鸟对这只信封觉得莫名其妙。

这是给你的赔偿费。诗人朋友表情很暧昧地盯着火鸟脸上的两块紫色疤痕。他说，难道你忘了，那次我撒酒疯把你按在煤气灶上?

诗人火鸟恍若梦醒,他的双手下意识地掩住两侧脸颊,几乎是惊惶失措起来,他用一种怀疑而敌视的目光逼问着客人,煤气灶?你在胡说,我怎么一点都想不起来?

你喝醉了,我也有点醉了。你骂我的诗是狗屁,我就把你拖到煤气灶边上,拿走水壶让火烧你的脸,你烂醉如泥,竟然一点都没有反抗。

就这么简单?是煤气灶上的火?

是煤气灶。那天我酒醒过来吓了一跳,害怕闹出人命,第二天就溜上火车走了。后来听说你戴上了大口罩,又听说你成了诗人,哈,诗人!那位诗人朋友说到这儿突然快乐地大笑起来,想想这事真是滑稽,我现在成了个商人,你倒变成个诗人了。

诗人火鸟也想笑,但是两年来他几乎已经忘记了笑的方法,一方面是因为两颊受过灼伤的肌肤忌讳任何剧烈的表情,一方面则是受到了诗人角色的限制,他不喜欢笑,因此在一个神秘的谜底被三言两语揭破时,他的喉咙里发出的只是类似叹息的深沉的声音。

两个久别重逢的朋友坐在公寓的窗前喝酒。窗外又是黄叶飘零的深秋,冰凉的暮色正一层层地在城市与人的头顶上铺展,渐渐地凝成大片的黑暗,灯光从近邻或遥远的窗口升起来,就像诗歌从人类平淡的庸庸碌碌的生活中升起来,它是美丽而令人炫目的。两个朋友从不同的角度眺望着黄昏以后的万家灯火,他们关于诗歌的讨论终于戛然而止。

可是你说烧伤和诗歌之间有没有什么联系呢?诗人火鸟最后向他的朋友吐露了一个深深的疑问。很明显那位朋友对此猝不及防,他凭借夜色的掩护躲开了火鸟忧郁而焦虑的目光,他说,这两年我挣了好多钱。

(1993年)

一个朋友在路上

新年前夕我又收到了力钧寄来的贺年片。贺年片寄自陕北一个偏僻的小县，上面绘着早已过时的动物和花卉图案，边角已经在邮路上磨损得又皱又破，而且沾有些许莫名的灰黄色的污渍。这样的贺年片每年都从力钧手上寄出，邮戳上的地址每年都在变化，北京、昆明、海口、伊犁、哈尔滨，现在却是一个从未听说的旅行者足迹罕至的安塞县，它说明我的好朋友力钧还在路上，**在路上**，这是力钧在数年前为自己订立的生活方式。

我注意到贺年片上那句格言的风格较去年发生了些许变化。变向！只有简短响亮的一个词组，令人沉思却又不得其中之味。我联想到去年力钧赠我的格言——人类思考，上帝发笑——当时也使我感受到一种非凡的哲理的光辉。后来我曾把这句格言写在贺年片上转寄给别的同窗好友，再后来我就发现那句话原来出自一个声名鹊起的东欧流亡作家之口，那人叫昆德拉。

我查了桌上的汉语词典，词典里居然没有变向这个词条。

我不知道这是一种无意的遗漏，还是出于编撰者的孤陋寡闻。我也不知道力钧赠我这个词组（似乎是物理学名词？）包含着什么劝诫意义。但我知道作为力钧的朋友，必将受到他这种特殊的友情的滋润。

变向是什么？管它是什么呢，用另外一些朋友的话来说，对于力钧你不必那么认真，就像你不必去探究他跑到陕北的安塞县去干什么一样。

中国的各个角落几乎都有力钧的朋友，我只是其中的一个。回忆起与力钧最初的交往，至今令我感慨。那时候我们在北方的一所大学同窗共读，但平素很少看见他的人影，只是经常在哲学或政治经济学课堂上看见他突然举手站起来，向授课的教师提出一些深刻的质疑。他的声音带有明显的江浙口音，尖细而充满激情，每逢这时前排的女孩们都回过头来，用充满柔情的目光崇拜地望着他。力钧的头发是乱而蓬松的，力钧不苟言笑的仪态和锐利善辩的谈锋使人联想到康德、萨特这样的名人的青年时代。

力钧经常买书，也因此经常向别人借钱，借了钱往往无力偿还。所以力钧在大学里的形象是毁誉参半的，那些索债不得的人骂他是个骗子，而没有这种际遇的人仍然崇拜着力钧，终于有一次我也被力钧借去了二十元钱，他说书店里只有一本《存在与虚无》了，迟一步就会被别人买走了，于是我就觉得没有理由拒绝。但那些有前车之鉴的人的警告果然被印证，我

一个朋友在路上　225

手头极为拮据，却无法向力钧索取那二十元钱。更加令我气愤的是，有一次我发现力钧居然在校外的一家小餐馆独斟独饮。

那天我愤愤地坐在力钧对面，看着他微闭双目呷饮二锅头白酒。那本《存在与虚无》就放在酒瓶和油炸花生之间，我伸手去抢书的时候听见力钧发出一声鄙夷的冷笑。

你想拿就拿去吧。他说，不过你读不懂它，世俗之人无法领略其中的真谛，你会一无所获的。

可是你得把钱还给我。我放还了书，恼恨自己在力钧面前为什么总是显得虚弱而委琐。

不要跟我谈钱，这个字最让我厌恶。力钧皱着眉头说，他把酒瓶推到我一侧，我请你喝酒，他说，别去想钱的事，别去想围墙里的学校和校规，想喝酒的时候就尽情地去喝，这样你的心里就会充实了。

奇怪的是我竟然就此驯服了，我第一次喝了白酒，在酒意蒙眬中听见力钧对我说，冲破围墙到外面去，去看真实的世界，去找寻你的自我。我像一个虔诚的教徒经受了力钧的洗礼，也就此成了力钧最为忠实的朋友。

在路上

在路上

多年前力钧提出的这个口号在大学里风靡一时，激荡了许多人的青春激情。毕业分配前夕，正是这股激情驱使我的许多同窗学友报名去了遥远偏僻的新疆、青海或西藏工作。力钧选择了西藏，在毕业典礼上力钧的发言再次语惊四座，他说，不要表扬我，不要赞美我，我并非听从祖国的召唤，这是我自己的需要，我需要的是在路上，在路上——**在路上**。毕业典礼上于是响起海潮般的回响。那种狂热的回响至今让我记忆犹新。

几年以后我读到了一个美国作家写于六十年代的书，书名就叫《在路上》。我怀疑力钧当时的口号源于这部小说，但作这种考证已经没有什么意义了，力钧早就在路上了，追随力钧的那些同窗学友也早已在路上了。

力钧初到西藏那阶段经常给我写信，信封里还夹寄了他在布达拉宫、牦牛队或大昭寺前的留影。照片上的力钧神色疲惫，眼睛里却闪烁着一如既往的梦幻似的激情之光。其中一张照片上出现了一个短发圆脸的女孩，她似乎是被无意摄入镜头的，她蹲在照片的左下角，侧脸注视着骑牦牛的力钧，我觉得她的表情略含一丝嘲谑的意味。

那个女孩就是力钧的初恋。这是力钧后来在信中告诉我的，而且力钧还用含蓄的语言透露他们之间已经发生了那种关系。力钧说他们也许会像马克思和燕妮一样成为志同道合的伴侣。最后力钧当然忘不了在信尾催促我去西藏和他会合。

看看你的人欲横流铜臭市侩的城市，不要留恋它。力钧在信中这样写道，到我的西藏来，到我的西藏来呼吸纯净清新的空气。

我曾经被力钧说动了心，曾经想收拾行装就此离开沉闷乏味的学校,但在动身前总是有各种各样的原因阻碍我挥手西行,我知道更主要的原因在于我的优柔寡断和瞻前思后,这恰恰也是我与力钧本质的区别。我因此只能在这个繁华而嘈杂的南方城市过浑浑噩噩的日子,力钧却像一只自由之鸟在广袤而高远的天空中飞翔。

一个微雪的初冬的夜晚,有人敲响了我单身宿舍的门。是一个陌生的穿着男式军大衣的女孩,那张圆脸那头乌黑的短发似曾相识,却想不起是谁。女孩摘下绒线帽晃动着头发,她说,我从力钧那里来,我是小米。我一下就想起面前的女孩就是力钧的那位恋人。

我在游历南方,到这里来当然就投奔你了。小米朝我上下打量了一番,然后莞尔一笑,你是力钧的朋友,当然也算是我的朋友了。

深夜来访的女孩从外面带来一股清冷的寒气,我正在为如何接待这位不速之客发愁的时候,小米已经蹬掉脚上溅满泥浆的皮靴,坐到了我的床上,我听见她用一种略带怨气的语调说,南方怎么也下雪呢?我又冷又饿,你能不能给我弄点吃的来?

我找出了两包方便面,与此同时小米在后面发出了一声怪叫,又是方便面,她满面惊恐地盯着我的手,我看见方便面就想吐,难道没有别的东西了吗?然后她撇了撇嘴不满地说,你们南方人就是小气,哪能跟我们西藏人比?在西藏不管来什么客人,都要拿最好的东西出来招待。

我被小米的话说得无地自容，急忙去邻居家里借鸡蛋。后来我就站在一边，看饥饿的女孩吞咽煮得半生不熟的鸡蛋。女孩在谈话中经常提及力钩的近况，说他正在研究西藏的宗教，但她说得更多的是一个叫老刚的人，我不知道老刚是什么人，根据女孩提及这个名字时的虔敬的表情分析，老刚才是她心目中的偶像，也是我们这个时代匮乏的哲人。

大概在凌晨一点钟，高谈阔论的女孩终于打了一个呵欠，我就抱了一条被子准备去学生宿舍借宿。女孩惊异地说，你去哪里？我说，找地方睡觉去。女孩指了指地上，你可以打地铺睡，在西藏我们就是这样的。我摇了摇头，有点窘迫地去开门，这时候女孩在后面嗤地笑了一声，她说，你真封建，你这种人就应该让老刚来给你上上课。

我假装听不懂小米的话，但心里却为自己的古板和委琐感到羞愧。

雪后初晴的早晨小米跳上南行的火车，以后我再也没见过她。但是由力钩介绍来的西藏朋友开始像潮汛一样涌到我这里来。有时是一个人，有时是三五成群地登门作客。整个冬天我至少接待了十来拨力钩的朋友，他们或者是力钩在拉萨新结识的朋友，或者是在旅行途中结识力钩的陌生路人，每人都带来了力钩亲笔写的便条。对于我来说那是一个灾难性的季节，我必须以好酒好菜和自己的床铺招待他们，可我平素一直经济拮据，于是我只能到处借钱，我借来的钱有时又被来客借去，我知道他们能否归还是一个悬而未决的问题，但我认为他们的事业比我重要，也比我更需要钱。

那个叫老刚的人是在一个更冷的冬夜登门的。他的体格魁梧健壮，满脸灰黑色的络腮胡子，但说话的声音却柔韧而富有弹性，他像一个北方农民盘腿坐在我的床上，破烂的尼龙袜子散发着一股难闻的气味。萨特与海德格尔相比是肤浅的，只有力钧这样初出茅庐的人才会迷信萨特。老刚不停地用纸条卷起莫合烟抽，他的神态安详而自信，我记得他在说话过程中突然跳下地，走到宿舍窗前用双手摇撼着铁条窗栅，他说，为什么要钉这些铁条？你看看你自己，就像一个囚徒被关在牢笼里！我解释说宿舍的窗户都是这样的，老刚突然大吼一声，不，把它砸碎，把它砸碎你才可以获得自由。老刚眼睛里突然迸发的一道白光使我敬畏而惶惑。

老刚来去匆匆，临走时他明确地要求我为他们的一份叫做《高原思想》的刊物捐资，我告诉他我一文不名，连菜票都要向学生要。老刚就笑着抓住了我的左手，他指着我腕上的手表说，你还有一只手表，我们许多朋友已经在为《高原思想》卖血了。我摸着手表犹豫的时候，老刚又说，不要留恋身外之物，你应该知道思想比手表更为重要。

我终于无法抗拒，那只父亲送我的手表后来不知被老刚典卖到什么地方去了。

我在学院的名声渐渐变得很坏，力钧当年的悲剧在我身上重演，我欠了一屁股债。我躲着那些曾借钱给我的人，而另外一些人也像躲避瘟神一样躲着我，惟恐我一张嘴就要借钱。那段时期我情绪消沉，郁郁寡欢。我知道是力钧在千里迢迢之外将一张魔网罩住了我，我必须逃脱这张魔网了。

我的工作调动原因就缘于力钧，说起来显得荒唐，事实上确实如此。到了秋天，我已经到另一所学院任教了，我的生活变得平静而美满，当然其中更主要的原因是我也恋爱了。有时我把力钧给我带来的厄运告诉女友小韦，小韦对这事愤愤不平，她说，什么好朋友？这样的朋友不如不要，等他什么时候自己跑来了，你看我怎么教训他？

但力钧自己终于没来这个城市，我想这是我将工作调动刻意隐瞒起了作用，或者是我的回信中充斥了大量牢骚和埋怨，使力钧感到有所不安了。秋天匆匆过去，冬天就来了。没想到冬天一到力钧的信也到了。我不知道力钧是怎么知道了我的新的通讯地址，在这封长信中力钧告诉我他的生活也发生了巨大的变化，他和小米已经互相厌倦直至分道扬镳，这个消息在我的意料之中。令我吃惊的是力钧说他对西藏已经找不到感觉，说他很快就要离开西藏去徒步考察黄河流域文化了。最后力钧兴味盎然地告诉我，他的一个诗人朋友将在元旦前夕来访，他以为与那个诗人朋友交谈将对我有所裨益，他还认为那个诗人目前虽然穷困潦倒，但未来也许会是诺贝尔文学奖的人选。

力钧的朋友又要来了。我已经无法摆脱这种焦虑和恐慌。我如临大敌，元旦前夕和小韦一起匆匆到她祖母家住了几天，后来我回到学院宿舍，看见门口的水泥地上躺满了长短不一的烟蒂，想象那个诗人在我门前久久等待的情景，我说不清内心是一种什么样的滋味。后来我还在烟蒂堆里捡起了一些撕得粉碎的纸屑，似乎是那个诗人即兴创造的新作，可惜无法把它们拼凑起来，只有一块纸屑上的字是我所熟悉的，我情不自禁大声地念了出来：

在路上
在路上

关于力钧离开西藏的原因有种种传说。我的几个大学同学从西藏回来说，力钧在失去小米以后终日借酒消愁，有一天他在酒醒以后听到收音机里传来一支苍凉古朴的陕北民歌，力钧被深深地打动了，正是这支陕北民歌使力钧暂时忘却了失恋的痛苦，也正是这支陕北民歌使力钧最后踏上了浪游中国的漫漫长途。

他们告诉我小米是个水性杨花的女孩，她抛弃力钧投向老刚的怀抱，半年后又被博学多思的老刚所抛弃，最后小米南下广东，彻底告别了以前的生活，据说小米在某个海滨城市从事一种难以启齿的职业。

我想起那些遥远的朋友，他们像浮动的岛屿朝各个方向浮动，他们离我越来越遥远了。每当我收到力钧在浪游中国途中寄来的明信片，看到东南西北美丽的自然风光，看到那些不断变化的模糊或清晰的邮戳上的地名,看到力钧一如既往的充满激情的箴言赠语,我总是有一种若有所失的感觉。

我觉得青春是一簇月季花,有的正在盛开,有的却在凋零和枯萎。

大学毕业后的第五个年头,我与小韦结婚成家了。新婚之日恰逢又一个飘雪的冬夜。我和新婚的妻子围着火炉听肖邦的钢琴曲,有人敲响了小屋的门,小韦跑去开了门。

门外是一个陌生的穿旧军大衣的青年,他的头发、眉毛和肩上的登山包都结满了一层白白的雪片,看上去他比我们要更加年轻。

你找谁?小韦只把门打开了一半,她用一种警惕的目光审视着那个不速之客。

我是力钧的朋友。门外的青年从大衣口袋里掏出一封信,他说,我从大兴安岭来,力钧让我来拜访你们。

小韦没有去接那封信,她的手仍然牢牢地控制着小屋的门。然后我听见她冷淡地说,我们不认识力钧,你大概找错门了。小韦说完就做了一个准备关门的动作,我在后面看见那个青年惊讶而失望的脸部表情,他向后退了一步,然后小韦就果断地关上了门。

我没想到小韦会这么做。小韦靠着门沉默了一会儿说,只有这样了,这么小的屋子,这么晚了,这么冷的下雪天,我不想接待这种莫名其妙的客人。她抬起头看了看我的脸色,又说，他满腿泥浆，他会把地毯弄脏的。

我觉得她不该这样对待我的朋友，也不该这样对待我朋友的朋友。但我没有说什么。我知道在这些问题上，妻子自然有妻子的想法。

(1993年)

与腌鱼有关

请你注意这个黑衣黑裙的女人，除了一张苍白的精心化妆过的脸，她的全身，她的手套、帽子、羊皮靴甚至她的耳坠都是黑色的。就是这个女人，这个黑色的女人，冬天的时候曾经来敲我的门。

我不认识那个女人。

我在修理一张木椅，用锤子、螺丝、铁钉和锥子，当然只能用这些工具，因为我不是木匠。假如是木匠他会很好地处理木椅上的所有接榫，他用不着像我这样忙得满头大汗，把椅子和地板一起敲得乒乒乓乓地响。正因为我不是一个能干的木匠，我对自己的手艺很恼火，继而开始迁怒于那张木椅以及木椅的制造商，我猛地把木椅举起来砸在地上，听见一声类似汽车轮胎爆炸的巨响，应该承认我被自己的举动吓了一跳。

就是这时候那个女人来了。

我起初以为是楼下的邻居来提抗议了，我提着锤子去开门，看见那个女人站在门外，出乎我的意料之外，她脸上没有任何谴责或愠怒的表情,她几乎是妩媚地微笑着,目光越过我的肩膀,朝里面扫了一眼。

你是木匠吗?她说。

不。我不是木匠。

那你家里请了木匠?

没有。没有木匠。我晃了晃手里的锤子说,是我自己,我在修椅子。

我听见这里乒乒乓乓地响,我以为是木匠。她不知为什么捂着嘴偷偷笑了笑,然后她说,我正在找木匠,我家里需要一个木匠。

对不起,吵着你了。我说,刚才那响声,那响声,我不是故意的。

什么?她迷惑地看着我。突然明白了我的意思,她的戴着黑手套的手便再次捂着嘴,无声地一笑。你误会了,她说。我不住这栋楼,我可不是你的邻居。我不过是走过这里,还以为能找到一个木匠呢。

女人说话的腔调渐渐有点忸怩作态,但却没有引起我多少反感,或许是她的不同凡响的衣着容易给人留下美好的印象。我看着她轻盈地拾级而下的背影,暗自估算了一番她的年龄。当然我知道她的年龄于我是毫无干系的。我预感到她在楼梯上会有一次驻足回头的过程,果然她站住了,她第三次用黑手套捂着嘴,那样偷偷地笑,我说不上来一个女人的这种仪态是好是坏,但有一点可以肯定,它使我感到莫名的紧张,总觉得哪里出了问题，因此当她回眸而笑的时候我迅速检查了自己的全身上下，并没有什么可笑的地方，唯一会产生疑义的是手里的那把锤子，于是我把它藏到了身后。

你好面熟，我在哪儿见过你。女人站在楼梯上说，喂，你认识赵雷吧？

哪个赵雷？男的还是女的？

老赵呀，你们一起开过书店的吧？

女人没有等我作出任何回答就转过了楼梯拐角，我记得她的最后的表情显得意味深长，她下楼的脚步声听来也是自信而急促的，这同样使我感到莫名地紧张。赵雷？书店？我从来不认识任何叫赵雷的人，更没有和那个人一起开过书店。

我猜那个女人认错了人。

我所居住的城市北部人口密集，站在阳台上朝四面瞭望，你常常会发现你的那些陌生的邻居在各个窗口晃动。当你企图窥见别人的生活细节时，对方也轻而易举地窥见了你。我认为这是密集型住宅区居民的一种尴尬，为了避免这种尴尬，我极少开启通往阳台的那扇门。

我记得是一个星期天的下午，我去阳台晾晒刚洗好的衣物，猛然发现一条鱼躺在阳台护栏上，是一条腌过的青鱼，内脏当然已经掏空，鱼嘴里还衔着一根锈蚀了的铁丝。我猜它是从楼上邻居的阳台上掉下来的，只是它的落点如此巧妙令人惊叹，好像就是我把它晾在那里的。

我拎着那条腌鱼往楼上走，但走到中途我就改变了主意，我的楼上的邻居有四户，他们都有可能是腌鱼的主人。我想我或许没有必要拎着腌鱼逐门逐户地打听，或者说我觉得自己没有这个义务，谁丢了腌鱼该让他自己来寻取。就这样我又把腌鱼拎回了阳台，挂在晾衣架上，我想现在的天气很少苍蝇，只要不招徕苍蝇，就让它挂在那儿吧。

我没有预料到那条腌鱼后来会给我带来莫名其妙的麻烦。

那个女人再次造访大概是在十天以后，我们这个城市刚刚下了第一场雪。我记得那个女人用手帕擦抹衣服上雪片的优雅高贵的姿态，在她没有开口说明来意之前，她一直站在门口擦她身上的雪片，偶尔地向我莞尔一笑，似乎是要消除我的疑惑。

后来她终于说了，我在找赵雷，你有赵雷的消息吗？

我说过我不认识什么赵雷。当我再次向她解释这一点的时候她已经进来，她在挑选她落座的位置，很显然她喜欢洁净和舒适，她挑选的正是我平时习惯了的皮椅。她坐下的时候舒了一口气，说，你欢迎我这种客人吗？我刚想说什么，但很快发现她并不想听我说，她的苍白的脸上微笑倏然消隐，代之以一种满腹心事的哀婉的表情。

我听说赵雷回来了，他为什么躲着不肯见我？

我不知道。赵雷是谁？

他没必要这样怕我，他就是一个懦夫，一个胆小鬼。女人摘下她的黑手套，把她的纤纤素指轮番放到眼前打量了一番，她说，你们这些人都崇拜他保护他，其实你们不知道他的内心，他藏得很深，他很会蒙骗别人，只有我知道他是一个什么样的人。所以他怕我，你说是不是？

我不知道，我真的不认识赵雷。

为什么躲着我？我知道他在南方做生意失败了，这很正常，他不是个做生意的人。女人说，我希望他不是为了钱，我不在乎那些钱，用金钱不能计算我与他的感情账，他一错再错，假如他是为了钱不敢见我，那他又错了。

我不知道，你可能搞错了，我不认识他。

他总是会有你这么忠诚的朋友。女人略含讥讽地瞟了我一眼，她说，其实我现在已经不是那么在乎他了，我已经结婚了，我丈夫对我很好，我很幸福。你别笑，我说的是真的，你别把我看成水性杨花的女人，跟着一个男人，又想着另外一个男人。我不是那种人。我只是不明白他为什么要这样煞费苦心躲着我。

我不知道。不过有的人天生就像贼一样地躲着别人。我终于决定投合她的思维，应和了一句，没想到女人对此非常反感。

不，她用谴责的目光盯着我的脸，不要在背后败坏他的名誉，你们是好朋友，你不该这么说他，你的好朋友。

我们不是什么好朋友，我说过我根本不认识他。

不认识就更不该随便伤害别人。恶语中伤，捕风捉影，人就是这样随便伤害别人，我尝够了这种滋味。女人的声音突然低沉下来，她的神情看上去是悲怆的无可奈何的。然后是一阵沉寂。冬天的风在窗外徘徊，而雪花飘舞的姿态因为隔着玻璃更显得美丽凄清。我觉得我的境遇像一个荒谬的梦境，我觉得面前的这个女人不太真实，于是我转过身去悄悄地拧了自己一下，这时候我听见那个女人说，现在看来你真的不认识赵雷。我回过头看见她又用黑手套捂住了嘴。她的表情变化如此丰富，我看见她又在笑了，更让我愕然的是她最后那句话，她说，其实我知道你不认识赵雷。

其实我知道你不认识赵雷。

那个女人后来消失在外面的风雪中。我一直在想她最后那句话。一切似乎都是意味深长的，我猜那是一个很孤独也很特别的女人，当然我也想起了小说与电影中常常出现的爱情故事，许多爱情故事都是在猝不及防或莫名其妙的情况下产生的。我还得承认，许多个冬夜我在黑暗中想念那个奇怪的女人。

腌鱼挂在阳台上好几天了。

我本来不会去注意那条腌鱼的，但那天下午我到阳台上收衣服，突然发现对面楼房有个妇女伏在窗台上朝我这里探望，起初我以为那是漫无目的的目光，但很快我发现那目光停留在那条腌鱼上，不仅如此，那个妇女的身后又来了个男人，好像是大姐俩，大姐俩一齐注视着我的那条腌鱼，而且他们开始轻声地耳语什么。

我以为那对夫妇是腌鱼的主人，我指了指鱼，又指了指他们。我当然是以手势询问他们。我看见那对夫妇迅速地分开，从窗边消失，他们对我的手势毫无反应，只是把窗子重重地关上了。我不了解他们对腌鱼的想法，凭借简单的物理学知识，我认定他们的腌鱼不会飞到我的阳台上，所以他们不会是腌鱼的主人。

谁是腌鱼的主人呢？我下意识地把半个身体探出阳台，朝楼上仰望了一眼，说起来很玄妙，我恰巧看见五楼的那个老人朝下面怒目相向，我敏感地觉察到老人的怒气与腌鱼有关，这时我突然觉得我必须让腌鱼物归原主了。于是我取下那条腌鱼，拎着它上了四楼、五楼，又上了六楼，结果是你所预料到的，楼上的邻居竟然都不是腌鱼的主人，包括那个怒气冲冲的老人——我进了他家才猜到他正在跟儿子怄气。四楼的邻居对我说，一条腌鱼，掉在谁家就是谁家的，你把它炖了吃掉吧。而五楼的那个老人对我高声喊，他们腌的鱼？腌个狗屁，他们什么都不会做。

我把那条腌鱼重新挂好的时候，无意中朝楼下一望，发现楼下空地上有几个男孩，他们的脑袋一齐仰着，他们也在注视我手里的鱼，我把手里的鱼朝他们晃了晃，听见他们突然一齐嘻嘻哈哈地笑了起来。我朝下面喊，笑什么？你们笑什么？那群男孩先是一愣，紧接着便发出一阵更为响亮的哄笑声。

你想象不到一个人被一条腌鱼弄得心烦意乱的情景。那天下午我一直让阳台的门开着,我从各个角度观察悬挂着的那条腌鱼,我觉得它并没有什么违反常规的问题,问题到底出在哪里呢?我越是在思考的时候越是紧张,越紧张就越烦躁,什么事情也不能做。这样枯坐着看见黑夜降临了城市北端,我心里终于跳出了一个好念头,我想既然那条腌鱼无端带给我烦恼,既然我不爱吃腌鱼,既然我找不到腌鱼的主人,那我为什么不把它扔掉呢。

扔掉当然是唯一的办法,后来我拎着那条腌鱼穿过黑漆漆的楼梯,把它放进了垃圾筒里。我站在垃圾筒边拍了拍手,当时我以为问题彻底解决了。我想任何人都会以我的方式处理那条腌鱼,我绝对没有预料到它会产生一个非常恶劣的后果。

请你注意这个黑衣黑裙的女人,她已经是第三次来敲我的门。我相信我的邻居们已经注意到了这个女人,因为在她逗留的一个多小时里有几位邻居突然登门造访,虽然每位邻居都有一条堂而皇之的理由,其中一个上门来收取垃圾管理费,另一个则要我买下一袋灭鼠药,她说这是居民委员会统一部署的灭鼠大行动。我说,我家里没发现有老鼠。她撇了撇嘴说,谁知道呢,老鼠也是隐藏得很深的。我发现她的犀利的目光射向我家里的客人,那个黑衣黑裙的女人。我意识到邻居们的兴趣就在于这个黑衣黑裙的女人。

我拿着那袋灭鼠药不知所措,是我的客人用冷淡厌烦的语调提醒了我,她说,这种东西,你把它扔进抽水马桶,放水冲走。

后来我们终于可以面对面坐下来了。她那天显得失魂落魄的，一张苍白的脸让我想起某部旧电影里的徘徊江边的悲剧女性。正因为如此我与她独处时的紧张不安消释了，温柔的心情使我的语言甚至呼吸都温柔起来，我总觉得一场爱情正随着夜色的降临而降临，我似乎闻见了从她的黑衣黑裙上飘散的爱情香味，它使我陶醉，很多次我注视着她的戴着黑手套的手，我强忍着一个欲望，替她摘下黑色的手套，把她的素手纤指一齐揽到我的怀里。

我这次不想找任何借口了。那个女人说，我想找个人谈谈，我的痛苦，我的痛苦不是随便什么人都能理解的，也许你可以，也许你有点与众不同。

想谈什么就谈吧。我说，我们已经第三次见面了，我们就该——

应该找个人倾诉，否则我要发疯的。女人突然低下头，幽幽地叹息了一声，她说，告诉你你不会相信，我嫁了一个死人。

什么？我吓了一跳，你是在开玩笑？

一个死人。女人对我剧烈的反应有点不满，她瞟了我一眼说，死人，我是说他活着也跟死人差不多，或者说他是一个木偶？一具肉体？反正我觉得他像一个死人。

原来是这样，原来他是一个活人。我说。

问题是我跟他在一起觉得自己也成了一个死人。我的家装潢布置得像一个皇宫，可我觉得那里快变成一个漂亮的殡仪馆了。我很害怕，我真的很害怕。

这时候她开始双手掩面呜咽起来，她呜咽的样子非常哀婉动人，我觉得她的身体摇摇晃晃的似乎在寻找倚靠，我先站到了她的右侧，她的头部却逆势往左偏转，我又站到她的左侧，没想到她又朝右躲开了。

别来碰我，我不是那种女人，她呜咽着说。

我很窘迫，正在我为自己的轻率而后悔的时候，突然看见一只黑手套伸到我的面前。

请你替我把手套摘了。她仍然呜咽着说。

我压抑着紊乱的心情异常轻柔地替她摘下那副黑手套，我在想她的这个要求意味着什么，难道她已觉察到了我刚才的欲念？也就在这时我又听见了她的颤抖的声音。

请你握着我的手，握着，不要松开。

我有一种如梦似幻的感觉，再次怀疑这次事件的真实性。但我握着的那只手确实是一个女人的手，纤小而光滑，手指细长，指甲上隐隐泛出粉红之色，除了它的温度显得异常低冷，我想说那是一只无懈可击的女人的手。

我的手冷吗？女人轻声问道。

有点冷，不，不是很冷。我说。

像一个死人的手吗？女人又问。

不，当然是活人的手。我说。

你握着它，别松开，现在我觉得自己像个活人了。女人说。

就这样我握着那个女人的手,一动不动,我记得我听见窗外传来过沉闷的钟声,我不知道附近什么地方会传来那样的钟声,我也不知道这样握着她的手过了多久,只记得楼下的邻居老曲在一片寂静中敲响了我的门。

我本来不想在这种时候去开门,但老曲的敲门声愈来愈急愈来愈粗暴,当然还有一个原因在于她,她的手从我手里渐渐逃脱了。

我来取那条腌鱼,是我家的腌鱼。老曲说。

你家的腌鱼?我很惊愕地观察着老曲,我说,你住我楼下,腌鱼怎么会跑到楼上来?

怪我家那只猫,那只猫讨厌,它老是衔着我家东西扔到别人的阳台上。对不起,给你添麻烦了。

是我对不起你,我把腌鱼扔了。我说。

吃了?你说你把腌鱼吃了?老曲说。

不是吃了,是扔了。我说。

扔了?你别骗我,你怎么会把腌鱼扔了?

真的扔了,我不知道是你家的。我莫名地慌乱起来,因为慌乱我的解释也有点语无伦次,我没吃你家的腌鱼,我说,我不喜欢吃腌鱼,老曲,不骗你,我最讨厌腌鱼的气味。假如我喜欢吃腌鱼为什么不自己来腌一条呢?

老曲脸上的表情已从错愕转为怀疑,他用充满怀疑的目光审视着我,沉默了一会儿,他的眼神里又新添了嘲讽和蔑视的内容。别解释啦！老曲突然冷笑了一声，他说，不就是一条腌鱼吗，其实你要是喜欢吃我可以送你几条的，都是邻居嘛！

老曲说完扭身就走，我听出他话里有话，他几乎是在污辱我，于是我一个箭步冲出去拦住了他，我说，你什么意思？你把话说清楚了再去。

什么意思？你自己心里清楚。老曲凛然地昂起头斜睨着我说，不打交道还看不出来，你还成天在家听交响乐呢，原来是这种人！

那个瞬间我已经忘了家里的黑衣女人，被辱后的怒火也使我丧失了理智，我先朝老曲脸上打了一拳，老曲下意识地反击了一拳，紧接着我们便在楼梯上扭打起来。我不记得我们最后是怎么被邻居们拉开的，我气喘吁吁地走回家，看见门敞开着，坐在我家里的那个黑衣女人已经不见踪影。

其实我应该猜到她在这种时候会不辞而别，但我心里仍然感到深深的怅然，我迁怒于可恶的邻居老曲，迁怒于那条可恶的腌鱼，我想是老曲和腌鱼把她赶走了。但是正如老曲无法从我这里要回他的腌鱼，我也无法向他们索要那个女人的踪迹了。我只是在椅子上发现了一只黑丝绒缝制的手套。

一个女人的黑手套。

你知道整个冬天我都在等待一个黑衣女人的来访，但她却没再来敲过我的门。我收藏了那个女人遗落的黑手套，有人以为我陷入了情网，但我说事情不是这么简单这么庸常，对于我来说更重要的是归还那只黑手套，然后听她把她要说的话说完。

春节前夕我终于在一个水果市场上发现了那个女人。我看见她挎着一篮新鲜欲滴的橙子，依然是黑衣黑裙，仍然风采照人，我注意到她的黑手套，她的黑手套只有一只。我当时就迎上去了。我站在她面前说了一句意味深长的话，喂，你想要你的另一只手套吗？那个女人看了我一眼，然后看了看她的两只手，她莞尔一笑，只是那么一笑，什么也没说，我看着她从我身边绕过去，朝水果市场的出口走了。

我仍然不懂那个女人的想法，茫茫然地尾随着她，一直走到一条僻静的街巷，我看见那个女人猛地回过头，她几乎用一种严厉的眼光盯着我。不要跟着我，她说，我结婚了，我不是你想象的那种女人。我不是那种人。

我也不是你想象的那种人，可是你忘了一只手套，我说，你难道不想要回另一只手套了？

什么手套？我从来都喜欢戴一只手套。她说，我戴一只手套跟你有什么关系？

你真的不认识我了？我大声喊了一句。

你很面熟。她把盛满橙子的竹篮从左侧换到右侧，她凝视着我想了一会儿，最后说，你好像是赵雷的朋友，你们一起开过书店？

不，我说过我不认识赵雷。我仍然大声地喊着。

你别那么大吵大嚷的，她竖起手指嘘了我一下，她又想了想，突然笑了，说，我想起来了，你是那个木匠，你手艺不错,但我们家现在不需要木匠。

然后她就转身走了,我闻见一股水果的清香徐徐而去。然后我的这个浪漫而多情的冬天也就结束了。

(1995年)

向日葵

我以为项薇薇是个好学生，但盛老师说她不是。盛老师说项薇薇怎么样，你过一段时间就知道了。当时我们站在学院的展览厅中，盛老师带着我看染织专业的学生去工厂实习时的设计，她用一种悲悯的眼神看着我，说，不知你们年轻教师怎么看人的，都说她好，你们是被她羞答答的样子迷惑了。我没有辩解，我看见橱窗里有一块白色的棉布，上面印着硕大的金黄色的向日葵，一张标签贴在棉布的下角，标签上写着项薇薇的名字。我琢磨着怎么为自己辩解，我说，她的设计还不错，看上去很热烈，与别人的都不一样，但我看见盛老师嘴边凝结着一种鄙夷的冷笑，她说，她不肯动脑筋，向日葵的图案是抄来的。我有点吃惊，然后我听见盛老师低声地说，从来没见过这么不知廉耻的女孩！

我刚刚接手盛老师的辅导员工作，我能看出她对项薇薇很头疼，甚至带着某种敌意，我不知道她们师生之间有什么过节，只是疑惑那个瘦高挑的表情很羞涩的女孩为什么会得到这种残酷的评价。

青年教师的宿舍就在学生宿舍楼里，我从宿舍的窗口能看见来来往往的学生，都是学习艺术的男孩女孩，天生与众不同，许多男孩女孩穿着有破洞的或者被铰过裤腿的牛仔裤，满身挂着油彩和墨的痕迹，一路走一路敲着饭盒，从食堂的方向往宿舍走来。我不是经常看到项薇薇，有一次我看见她和一个男同学站在自行车棚那里说话，她说话的时候表情变得生动起来，身子一会儿向左扭，一会儿向右摆动，我不知道他们在那儿说什么，只是突然看见项薇薇作出了令人吃惊的举动，她突然朝那个男同学膝盖上踹了一脚，然后我看见她向宿舍楼跑来，一边跑一边向车棚那里回头，尽管她捂着嘴笑，我还是听见了她的类似男孩的沙哑而放肆的笑声。我看见她提着裙子跑进宿舍楼，由于这个动作我注意到了她的裙子，那条裙子很长很宽大，裙子的花色图案与她的实习作品如出一辙，是白底色上的金黄色的向日葵。

我对我的工作漫不经心，事实上我当时的年龄更适合与学生在一起学习或者胡闹，而不是当他们的辅导员。但项薇薇有一天找上门来，说是要谈谈她的助学金问题。她敲门走进我的宿舍，眼睛并不向我看，她一边用梳子从上而下梳理着刚刚洗过的头发，一边看着墙上的一幅风景挂历。我上个学期有助学金的，她说，这学期让老处女划掉了。老处女没有权利这么做，我们家的经济收入很低，我的成绩也不错，老处女她凭什么拿掉我的助学金？我刚想问老处女是谁，很快就反应过来，

向日葵　　253

她是在说盛老师，我不明白的是盛老师明明是已婚的女人，她丈夫是音乐系的声乐老师，为什么管她叫老处女？我很想问清楚，但是碍于身份不便打听这种事情，我就说等我去系里问问清楚再给你答复。我记得项薇薇这时候站到了我的写字桌旁，她悄悄地用梳子打开我放在桌上的一本书，向书的内页扫了一眼，她用表情告诉我我在读一本无聊的书，然后我觉得她突然高兴起来，莞尔一笑，说，算了算了，就当我无理取闹，别去系里问了，反正我也不在乎那点钱。

我有点迷惑地看着她向门边走去，她好像猛然想起了什么，回过头来，问，你喜不喜欢打扑克？我顺口就说，看有没有刺激的。项薇薇的眼睛一下就亮了，我听见她用一种欣喜的声音说，有刺激，我们赌饭菜票啊！

那天我和几个学生一起打了几圈扑克，确实是赌饭菜票的，除了项薇薇，还有两个音乐系的男生。这事不知怎么传到系里领导的耳朵里，我当然是受到了批评。对于这件事情我是有自我认识的，我知道与学生一起赌博无论如何是不恰当的，但让我不安的是系领导提到项薇薇名字时候莫测高深的表情，我感觉到自己就像《霓虹灯下的哨兵》中的意志薄弱的童阿男，而项薇薇就像美女蛇曲曼丽。就在那天我意识到项薇薇在老师眼里的危险性，很明显，不光是盛老师对她有这样那样的偏见。

事情发生在六月，染织专业的学生都下去写生了，我闲着没事，被系里临时派到宣传科去协助工作。有一天我在办公室打印材料，突然听见走廊里一阵嘈杂，跑出去一看，一群男学生揪住了一个校外的青年，他们拼命地把那个青年向楼梯上推，而那个青年一直在努力地挣脱，嘴里骂着脏话，我听见他用本地的方言高声喊着，我是来找人的，我不是来打架的，要打架先约时间！

男学生们把那个青年强行推进了保卫科。有个学生很快跑来叫我，说，保卫科让你去一下。那个男孩龇着牙嘻嘻一笑，对我耳语道，那家伙是来找项薇薇的，项薇薇！他说他是项薇薇的男朋友。

我来到保卫科的时候那个青年已经安静下来了，他坐在椅子上，一只手摸着耳朵，另一只手不停地在膝盖上搓着，我进去的时候他向我瞄了一眼，又看看屋子里的其他几个人，我觉得他是被一屋子的人以及他们严峻的表情震慑了，看上去他不像刚才那么嚣张了。

你是什么时候认识她的？

去年。去年夏天。

怎么认识的？

那个青年这时候显得有点迟疑，过了一会儿他笑了笑，说，在电影院门口。就在电影院门口，又怎么样？

在电影院门口怎么认识的？

怎么认识的？就那么认识的。那个青年不停地摸着耳朵，他说，她问我有没有多余票，我说有，后来就一起进去看了。

我听见系领导打断了青年,等一下,他说,你要说得详细一点,她给你电影票的钱了吗?

没有。青年斜睨着系领导,似乎在嘲笑他的可笑的观念,他说,我也没向她要,谁会跟女孩子要电影票的钱?

说下去,然后呢?屋子里的人几乎同时交流了一下各自的眼神,他们看着青年的脸,等着他说下去,但那个青年开始做出一种无可奉告的样子。这使保卫科的人很愠怒,有个干事突然拍了下桌子,说,你给我老实点,你今天在我们学校又是打架又是砸门的,送你去公安局就是流氓罪,你要不要把事情交代清楚,自己掂量着办。

可以看出那青年是外强中干的类型。他在椅子上调整了几下坐姿,然后诚恳地望着屋子里的每一个人,他说,你们到底要弄清楚什么?我不骗你们,项薇薇和我在交朋友,交朋友的事情有什么可说的?你们不信,去看看她宿舍里的电视机,那是我送给她的。还有她脖子上那条项链,纯金的,也是我送的,我在她身上花了不少钱了!

屋子里的人又开始面面相觑,无疑他们从青年的申诉中发现了问题的严重性,我突然想起项薇薇宿舍里确实有一台十八英寸的彩电,她宿舍里的女生每天都坐在一起看电视里的综艺节目,一边七嘴八舌地批评那些主持人的造作或者愚笨。这时候我意识到项薇薇遇到大麻烦了。

那台电视,还有项链,是你送给她的还是她跟你要的?系领导铁青着脸问。

这怎么说呢？青年仍然挠着自己的耳朵，他说，女孩子说话都有技巧，其实花点钱无所谓的，她不应该对我撒谎。

她怎么对你撒谎的？

她撒谎你就是听不出来。我让她骗了好长时间了，她告诉我她是纺织厂的挡车工，也不知道她为什么撒这种谎，跟别人撒谎是相反的。她还告诉我她有白血病，每天要去医院治疗什么的，这些我不在乎，可我不明白她为什么躲着我，她想找我就来了，我要找她永远找不到，她不是在玩弄我的感情吗？

系领导对项薇薇撒谎的事情不是太感兴趣，我从他发问的内容和语气中听出他的目标，他已经怒不可遏。我听见他说，你现在告诉我们，她一共向你要了多少钱？

那个青年沉默了一会儿，他口袋里的呼机突然响了起来，他从腰后取下呼机看着上面的液晶显示，屋子里的人注意到他脸上丰富的表情变化，从期盼到沮丧，然后是突发性的愤怒，我为她买了这东西，可她一次都没呼过我，这小婊子！青年从椅子上腾地站起来，夺门而出，在门口他回过头，对我们屋里的人恶狠狠地说，多少钱？她骗了我八千块钱！她以为自己是什么，我配不上她？她算什么玩意？她就是一只鸡！

屋子里的人没有去阻拦他，保卫科的年轻干事扑哧笑了一声，别人都没笑，也不说话，现在轮到他们被那个青年震慑了，这一瞬间我觉得屋子里的所有人都同意他对项薇薇最后的评价。保卫科的人问我，她人现在在哪儿？我说他们染织专业的学生都到扬州写生去了。这时候系领导把我拉到一边，我觉

向日葵　　257

得那个老人快要哭出来了，他压低声音对我说，这个学生，不处理是不行了。我点着头，但我不知道他准备如何处理。然后我听见他用更加怨恨的声音说，盛老师昨天打过电话回来，她肯定项薇薇怀孕了。我很惊愕，不知说什么好，只是听见系领导开始给我安排出差任务，他说，你明天就去扬州，把她带回来。

都说烟花三月下扬州，说的是多么美好的旅程，但我却是为了这么件倒霉的差事坐上了开往扬州的长途汽车。那天天气也跟烟花三月毫无关系，热得让人喘不过气来，我从车窗里看见瘦西湖的波光和平山堂的雕梁画栋时，身上隐隐地散发出一股汗味，我想起明天将要和一个怀孕的女学生再次坐上这辆汽车，心里就有一种古怪的念头，好像我与一件罪恶的淫秽的事情建立了某种关系，这使我在扬州的心情一直忐忑不宁。

学生们都住在一所职业大学的教室里。我到达的时候学生们都已写生归来，男同学在操场上踢球，女同学站在三层楼的三条走廊上，就像剧院包厢里的贵妇人在悠闲地欣赏男同学的运动。我没有看见项薇薇，却看见她的那条向日葵大裙子晾晒在三楼的铁丝上，闪着刺眼的金黄色的光芒。

带队的盛老师已经知道我的来意，她告诉我项薇薇去外面逛街了。没见过这么没心没肺的女孩子，盛老师说，还是疯疯癫癫的，这种时候，她去逛街了！我问她项薇薇是否知道我的来意，盛老师说，没必要瞒她，这是为她好，她总不能挺个肚子在学校里走。

外面有人在喊项薇薇的名字,我跑到走廊上看见项薇薇站在操场上,手里捧着一把香蕉,项薇薇掰下一只香蕉,扔给一个男生,又掰下一个扬手要扔,有几个男生都把手伸了出来,但项薇薇却改变了主意,她扔香蕉的动作在空中突然停止了,我听见她得意地笑起来,她一边笑一边逃离操场,对楼上的女生说,给他们吃?吃个屁!

第二天仍然很热,我早早地来到女生宿舍门口,还没开口项薇薇就出来了,脸上是一种从容就义的神情,她说,走就走吧。几个女生跟着我们到了汽车站,她们是来给项薇薇送行的,我能看出来项薇薇的群众关系还算不错。女孩们并不体贴她,有一个缠着项薇薇,说她把衣服泡在水里忘了洗,一定要项薇薇替她洗了,另一个女生则用一种领导的口气命令我,要我在路上好好照顾项薇薇。我觉得这么站在女孩堆里很不自然,先上了车,项薇薇不肯提前上车,我听见她逼着一个女生去买西瓜。几个女孩子利用开车前的几分钟吃掉了一只大西瓜,吃相很不雅观,而且也不跟我客气一下。在司机不停地按响喇叭以后,项薇薇终于上车了,她用手背擦额头上的汗水,但我清晰地看见她的眼睛里有一星泪光。

汽车在炎热的空气和马路之间行驶,著名的扬州很快消失在汽车尾气和漫天烟尘中。车厢里弥漫着一股酸臭的气味,有一个农村妇女模样的人带着两只母鸡坐在我们前面,两只母鸡似也难耐高温,始终在咯咯地叫着。我和项薇薇并肩坐着,两个人坐得都很拘谨,项薇薇用手掌扇风,她说,臭死了,难闻

向日葵

死了。我说，车上味道是难闻。我偷偷地注意了她的脖颈处，期望发现那条纯金的项链，但是我没有发现项链，只看见一条用黑丝线和玉石做成的挂件，虽然是个廉价品，却雍容大度地挂在女孩细长的脖子上。

　　对于我们双方来说这都是一次尴尬的旅程，我们之间似乎达成了共识，谁也不愿意率先谈论必须谈论的事。大约沉默了五分钟以后，我看见项薇薇从背包里拿出了一副扑克，她说，我来给你算命吧，他们都说我算命很准。我毫无兴趣，说，算了，不如打个瞌睡，我有点困了。我看到了她失望的眼神，她把扑克放在手上翻着翻着，突然问，准备怎么处理我？我一时不知如何回答，我说，回学校再说吧，系里院里还要讨论呢。项薇薇侧过脸，坚定地逼视着我，她说，你又不是什么官僚，打什么官腔，到底准备怎么处理我？会开除我的学籍？我摇头，我说这事确实还没有作出最后的决定。看项薇薇的眼神仍然不相信我，我一着急就说了句没水平的话，我为什么骗你？骗你是小狗。项薇薇终于转过脸去，她低下了头，我看见她手里的扑克牌一张张地洒落在地上，她的一只手抚弄着头上的木质发卡，五根手指都在轻微地颤抖，然后我听见她在啜泣，她低着头轻声地啜泣，狗拿耗子，多管闲事，她一边哭一边说，你们是狗拿耗子，多管闲事。

　　我那时候也很年轻，不管是教育人还是安慰人都缺乏经验，尤其是面对像项薇薇这样的女孩子，我不知道说什么好，我忘了自己对项薇薇说了些什么，后来项薇薇就站了起来，她向车窗外看了一眼，突然就站了起来。她走到车门口，用一种接近于蛮横的语气对司机说，开门，让我下车！

司机嘴里埋怨着什么，但还是顺从地打开了车门，他说，快一点，最多等你两分钟。

汽车停在一片农田旁边，田里长满了茂密高大的向日葵。我看着项薇薇向葵花地里走，以我对女性妊娠知识的了解，我猜测她是去呕吐的。但我看见她拨开了一棵棵向日葵，朝葵花地深处走，我想她也许是去解手的。整个事情没有什么预兆，一车乘客都在等她从葵花地里出来，有谁会想到项薇薇会一去不回呢。不知过了多长时间，那个焦急的司机先跳下车，向葵花地里骂着脏话，叫她赶紧出来，直到此时我才意识到出了问题，我也下了车，向葵花地里高声喊着项薇薇的名字，但是我没有听见项薇薇的回应，我被这件突发的意外事件弄糊涂了。我向葵花地的纵深处追赶了几步，听见一种细碎的声音从远处向更远处荡漾开去，好像是葵花的叶子被碰撞的声音，好像是葵花秆子被纷纷折断的声音。我终于意识到项薇薇在逃跑，就像一个真正的罪犯，她畏罪逃跑了！我在葵花地里跳起来，期望能发现她的身影，但除了几只惊飞的麻雀，我看不见她，我知道她在麻雀惊飞的地方奔跑，已经跑出去很远了，我知道我假如拼命地追，也许能够追上她，但我觉得没有必要。这么炎热的天气，这么烦躁的心情，让我去追赶项薇薇这种女孩子，我不干。

司机站在路边，恼怒地催促我，你到底上不上车？你要想追她我就开车走了。我怏怏地钻出了葵花地,我说,谁要追她?这小婊子!我听见自己嘴里吐出这句恶毒的脏话,吃了一惊,我对项薇薇逃进葵花地的事情很生气,她的莫名其妙的行为将使我在领导面前落下个无能的印象,我很生气,但我不知道自己为什么也骂出了那句脏话。

(1999 年)

图书在版编目（CIP）数据

向日葵/苏童著.-上海：上海文艺出版社.2020（2023.3重印）

（苏童作品系列：新版）

ISBN 978-7-5321-7466-9

Ⅰ.①向… Ⅱ.①苏… Ⅲ.①短篇小说－小说集－中国－当代 Ⅳ.①I247.7

中国版本图书馆CIP数据核字(2020)第027374号

发 行 人：毕　胜
责任编辑：李　霞
装帧设计：谢　翔

书　　名：向日葵
作　　者：苏　童
出　　版：上海世纪出版集团　　上海文艺出版社
地　　址：上海市闵行区号景路159弄A座2楼　201101
发　　行：上海文艺出版社发行中心
　　　　　上海市闵行区号景路159弄A座2楼206室　201101　www.ewen.co
印　　刷：崇明裕安印刷厂
开　　本：890×1240　1/32
印　　张：8.375
插　　页：2
字　　数：166,000
印　　次：2020年4月第1版　2023年3月第3次印刷
Ｉ Ｓ Ｂ Ｎ：978-7-5321-7466-9/I・5939
定　　价：39.00元
告 读 者：如发现本书有质量问题请与印刷厂质量科联系　T: 021-59404766